戦後とは何か

三島由紀夫
Yukio Mishima

中央公論新社

目次

装幀　中央公論新社デザイン室

編集付記

・本書は、著者の戦後観に関するエッセイ、昭和二十年代の社会評論および自身と自作をめぐるエッセイを独自に選び、短篇小説「鍵のかかる部屋」を併せて収録したものです。

・本書は新潮社版『決定版三島由紀夫全集』を底本とし、仮名遣いを新仮名遣いに改めました。

・本文中、今日の人権意識に照らして不適切な語句や表現が見受けられますが、著者が故人であること、発表当時の時代背景と作品の文化的価値を考慮し、原文のままとしました。

戦後とは何か

八月十五日に寄す

天の接近　八月十五日に寄す

昭和25年

八月十五日についての感懐は、年毎に変化を重ねたあげく、簡便な割り切り方がどうにもできないものになった。この五年の経過から私は、八月十五日という一種の記念日が、風化した部分と風化しない部分とで成立つふしぎな塑像のように見えはじめるのを感じる。

われわれが住んでいる時代は政治が歴史を風化してゆくまれな時代である。歴史が政治を風化してゆく時代がどこかにあったように考えるのは、錯覚であり幻想であるかもしれない。しかし今世紀のそれほど、政治および政治機構が自然力に近似してゆく姿は、ほかのどの世紀にも見出すことができない。古代には運命が、中世には信仰が、近代には懐疑が、歴史の創造力として政治以前に存在した。ところが今では、政治以前には何ものも存在せず、政治は自然力の代弁者であり、したがって人間は、食あたりで床について下痢ばかりしている無力な患者のように、しばらく（であることを祈るが）彼自身の責任を喪失している。

末世思想は今にはじまったことではない。自然力に対してはなはだ楽天的なシニズムを生れながらに持っている中国人は、自然力を天と呼び、天が落ちて来はしないかと気に病む連中を、「杞人《きじん》の憂《ゆう》」と名付けて嘲笑している。これを逆に見れば、理想主義者への嘲笑ともとれ、理想主義者の預言の書である「黙示録」が、「天は巻物を巻くが如く去りゆき」とおどかしているのは、やはり中国人に笑われるであろう。しかしまた末世思想のさかんな時代は、理想主義の時代でもあるのであり、われわれが置かれている政治的風土は、前世紀に発明された政治的諸理念の、パセティックな対決の場にすぎない。

八月十五日というと思い出すのは、もう何も落ちて来る気遣いがなくなったまばゆい夏空を見上げたときに、にわかに天がわれわれから遠くなったように感じられたあの一瞬の錯覚である。八月十五日までの都会の上空はツリ天井のように物騒なので、いつなんどきネズミのフンのように爆弾が落ちてくるかわからないこの身近な天に、われわれは奇妙な親愛感を抱いたおぼえがある。しばらく天が遠ざかった五年のあいだも、天は不安定なものだというぬぐいがたい幻想に加うるに、破天荒に流行した自殺や人殺しは、天がまだそんなに遠ざかっていないということを、親切に報告しつづけてくれたのであった。

この八月十五日は、ふたたび天の接近の兆候が濃厚である。酷暑のうちにも時ならぬ雨が多いのはそのためであろう。それにしても人間が自ら選ぶにいたった運命のきびしさは、人間が人間自身についてすでに知り尽したと考えた前世紀の増上慢から、われ知らず「自然」に身売りをした当然の成行であるとして、おくればせながらこの無知を医《い》やすことに、私は芸術がおのれの使命を見出すべきだと考えている。

（「朝日新聞」昭和25年8月13日）

終末感からの出発　昭和二十年の自画像

昭和30年

また夏がやってきた。このヒリヒリする日光、この目くるめくような光りの中を歩いてゆくと、妙に戦後の一時期が、いきいきとした感銘を以て、よみがえってくる。あの破壊のあとの頽廃、死ととなり合せになったグロテスクな生、あれはまさに夏であった。かがやかしい腐敗と新生の季節、夏であった。昭和二十年から二十二・三年にかけて、私にはいつも真夏が続いていたような気がする。あれは兇暴きわまる抒情の一時期だったのである。

しかし私の私生活は、殆どあの季節の中を泳がなかった。私は要するに、小説ばかり書いて暮していた。しかしあの時代の毒は、私の皮膚から、十分に滲透していたと思われる。

昭和二十年の早春、大学の勤労動員で群馬県の中島飛行機小泉工場に行っており、やがて、神奈川県の海軍高座工廠《こうざこうしょう》へ移った。終戦を迎えたとき、私は後者の動員学徒であった。

日本の敗戦は、私にとって、あんまり痛恨事ではなかった。それよりも数ヶ月後、妹が急死した事件のほうが、よほど痛恨事である。

私は妹を愛していた。ふしぎなくらい愛していた。当時妹は聖心女子学院にいて、終戦後しばらくは、学校の授業も、勤労動員のつづきのようで、疎開されていた図書館の本の運搬などを、手つだわされたりしていたようである。ある日、妹は発熱し、医者は風邪だと言ったが、熱は去らず、最初から高熱がつづき、食欲が失くなった。慶應病院に入院したが、すぐ人事不省に陥り、やっとチフスと診断が確定すると、当時隔離病室が焼けていたので、そのまま避病院へ移された。体の弱い母と私が交代で看護したが、妹は腸出血のあげくに死んだ。死の数時間前、意識が全くないのに、「お兄ちゃま、どうもありがとう」とはっきり言ったのをきいて、私は号泣した。

戦後にもう一つ、私の個人的事件があった。

戦争中交際していた一女性と、許婚《いいなずけ》の間柄になるべきところを、私の逡巡から、彼女は間もなく他家の妻になった。

妹の死と、この女性の結婚と、二つの事件が、私の以後の文学的情熱を推進する力になったように思われる。種々の事情からして、私は私の人生に見切りをつけた。その後の数年の、私の生活の荒涼たる空白感は、今思い出しても、ゾッとせずにはいられない。年齢的に最も溌剌《はつらつ》としている筈の、昭和二十一年から二・三年の間というもの、私は最も死の近くにいた。未来の希望もなく、過去の喚起はすべて醜かった。私は何とかして、自分、及び、自分の人生を、まるごと肯定してしまわなければならぬと思った。しかし敗戦後の否定と破壊の風潮の中で、こんな自己肯定は、一見、時代に逆行するものとしか思われなかった。それが今になってみると、私の全く個性的真実だけを追いかけた生き方にも、時代の影が色濃くさしていたのがわかる。そして十年後、私が堕落したか、いくらか向上したかは、私自身にもわからない。おそらく堕落したのであろう。ゲーテの「エグモント」の言葉ではないが、我々がどこへ行くかを誰が知ろう、どこから来たのかさえ、ほとんどわからないのだから。

しかしかえりみて、後悔しないことが一つある。私は、あらゆる場合に、私の「現在の」思考を最も大事にして来た。私は一度も、錯覚に陥ることを怖れなかったのである。

（「新潮」昭和30年8月）

八月十五日前後

昭和30年

　私は戦争末期には、ほとんど仮病を使って通した。私自身も、心臓だかどこかが悪いものだと思い込んでいたのである。
　そこで戦争末期には、とうとう労働を免れるところまでいった。厚木附近の大学の勤労動員先でも、毎日穴掘りをやらされていたのが、東京の主治医の診断書を持っていって、うまうまと図書館勤務に変えてもらった。（すべてこういうことを、私は決して自慢でいっているのではない）
　図書館というのは、大学から運んできた法律学関係の本を、バラックの小屋に並べて、動員学徒の勉学の便に供そうというのである。しかしここへきてまで勉強する学生は少いから、お客はほとんどなきに等しい。私は相棒の肺病（これは本もの）の学生と、毎日のらくらして暮した。小屋の一角にちょっとした教室風の部屋がある。空想家の私は、戦局苛烈の際に、いつかその部屋で、飜訳劇の「どん底」か何かを、学生芝居で演じる夢なんかを抱いていた。

七月末の、しんとした暑い日のことである。学友たちは工場のほうへいっていて、私は相棒と二人で、窓に肱《ひじ》をついて、ぼんやり夏野のひろがりをながめていた。そのとき窓の下から、こんな対話がきこえた。

「戦争はもうおしまいだって」

「へーえ」

「アメリカが無条件降伏をしたんだって」

「へえ、じゃ日本が勝ったんだな」

この対話は実に無感動で、縁台将棋の品評をやっているようであった。

……私は何だか、急激に地下へ落っこちたような、ふしぎな感覚を経験した。

目の前には夏野がある。遠くに兵舎が見える。森の上方には、しんとした夏雲がわいている。

……もし本当にいま戦争がおわっていたら、こんな風景も突然意味を変え、どこがどう変るというのではないが、我々のかつて経験したことのない世界の夏野になり森になり雲になる。私は、何かもうちょっとで手に触れそうに思える別の感覚世界を、その瞬間、かいま見たような気がしたのである。「本当かね」と私がいった。

「ふふん、ばかばかしい」

理性的な相棒は一言のもとに冷笑し去った。

——それから数日後、私は原因不明の発熱と頭痛で床についた。だんだんひどくなるので、腸チフスと自己診断をして、家へかえった。梅肉エキスの卓効を信じていたから、あの酸っぱいものを大匙《おおさじ》一杯ずつ、一時間おきになめた。

熱がようやく下って、豪徳寺の親類の家で予後を養っているとき、終戦の大詔が下ったのである。父はその場のいきおいで

「これからは芸術家の世の中だから、やっぱり小説家になったらいい」

とひどく理解のあることをいったが、数年たつとまたがんこ親爺に逆戻りして、私は官吏にさせられた。

終戦のとき、妹は友だちと宮城前へ泣きにいったそうだが、涙は当時の私の心境と遠かった。新らしい、未知の、感覚世界の冒険を思って、私の心はあせっていた。

（「毎日新聞」昭和30年8月14日）

八月二十一日のアリバイ

昭和36年

二十歳の私は、何となくぼやぼやした心境で終戦を迎えたのであって、悲憤慷慨もしなければ、欣喜雀躍もしなかった。その点われながら、まことにふがいなく思っている。当時、新しい原稿用紙はもちろん手にはいらなかったので、二十五字詰め十二行だかの中途はんぱな半ペラの原稿用紙をさらに倹約して、枡目《ますめ》にかまわず細字をつらね、ちびちびと「岬にての物語」という小説を書いていた。

そのちょうど中ごろで終戦になったわけで、ある行のおわりに〝』〟があって、「昭和二十年八月十五日戦い終る」などと注記してあり、その次の行から何事もなく、ロマンチックなお話の甘い風景描写がつづいているのは、今その原稿を見るとかえって奇妙な感じがする。

もっともこれは創作に限ったことで、「戦後語録」などと名付けた断想のノートを読むと、九月十六日の項にはこんなことが書いてある。

「偉大な伝統的国家には二つの道しかない。異常な軟弱か異常な尚武か。それ自身健康無礙《むげ》なる状態は存しない。伝統は野蛮と爛熟《らんじゅく》の二つを教える」

「デモクラシイの一語に心盲いて、政治家達はは民衆への阿諛《あゆ》と迎合とに急がしい。併《しか》し真の戦争責任は民衆とその愚昧《ぐまい》とにある。源氏物語がその背後にある夥しい蒙昧《もうまい》の民の群衆に存立の礎をもつように、我々の時代の文学もこの伝統的愚民にその大部分を負う。啓蒙以前が文学の故郷である。これら民衆の啓蒙は日本から偉大な古典的文学の創造力を奪うにのみ役立つであろう。――しかしそういうことはありえない。私は安心している。政治家は民衆の戦争責任を弾劾しない。彼らは、泰西人がアジアを怖《おそ》る如く、民衆をおそれている。この畏怖に我々の伝統的感情の凡てがある」

「日本的非合理の温存のみが、百年後世界文化に貢献するであろう」

――こういう文章を読むと、調子はいかにも国士調である。終戦のときにぼんやりした抒情詩人だったものが、一ヶ月でたちまち国士になるわけもないが、つまり甘い抒情的逃避と国士的居直りとは、私にとって一つのもの、一つの銅貨の裏表だったのだろうと思われる。これをしも「野蛮と爛熟」と自賛すべきか？

求められている題目は、八月二十一日の日記というのだが、当時日記をつけていなかった私は、記憶をもってしては、二十一日のその日を捕捉するすべもない。

とにかく終戦のご詔勅のラジオをきいたのは、一家が移っていた豪徳寺の親戚の家で、ラジオをきいたすぐあと、

「もうこれからは文化の時代だから、お前も志望どおり小説家になったらいい」

などと、父がとんでもない理解ある発言をしたのをおぼえている。もっともこの発言も数ヶ月後には修正されたが。

そのときなぜ神奈川県高座工廠の勤労動員の現場を離れていたかというと、その十日ほど前原因不明の高熱を発して帰宅して、チフスと自己診断して、梅肉エキスを大サジ一杯ずつ一時間おきになめて回復し、その予後を養っていたのである。

これからは推理になるが、着のみ着のままで帰っていた私は、当然工場にのこしていた荷物を引き取りかたがた、終戦の感想を学友と語るために、小田急線で工場へかえったであろう。マッカーサーが厚木へ到着したのは八月三十日であるから、多分八月二十一日ごろは、工場の解散まで、工場の宿舎に学友たちと寝泊まりしていたであろう。終

戦物資の配給といっても、われわれのところへはろくなものは来ず、パラシュート一枚かっさらって来る才覚もなく、のんきにだらだらと議論ばかりして暮らしていたと思われる。

私たちの宿舎は、夏草の原にかこまれた粗末な新築の兵舎で、各むねのまんなかを土間がとおり、その両側にゴザを敷いた二階の間仕切りがあり、二階へは直立したはしごで昇るようになっていた。半数ぐらいがすでに召集されていたので、のこる一人一人は十分な空間をわがものにしていた。土方みたいに、ひまさえあればふんどし一つで昼寝をしている法学生もあった。すでに無秩序と怠惰がここをむしばみ、庭の鉄条網の一部もこわされて、駅への近道が作られていた。こういう記憶の中に、れっきとした海軍の工場であるにもかかわらず、軍人の姿が一人も出て来ないのはふしぎである。また、われわれの知的故郷は焼け残った本郷の大学であったにもかかわらず、終戦直後の大学の姿が浮かんで来ないのもふしぎである。

当時すでに私の心には、敗戦と共におどり上がって思想の再興に邁進しようとする知的エリートたちへの、根強い軽蔑と嫌悪が芽ばえていた。

（「讀賣新聞」〔夕刊〕昭和36年8月21日）

私の戦争と戦後体験　二十年目の八月十五日

昭和40年

しらぬ間に戦争の記憶は彼方に薄れ、われわれは彰義隊生きのこりの老人みたいになってゆき、「新時代」に対してブツブツ不平を言うばかりの年代になってゆく。私の戦争体験、戦後体験と云ったところで、ずっとあとになってまとめた考えを、今ははや、鸚鵡《おうむ》のようにくりかえすだけが能になっている。それが当時の本当の感情を、どれだけ正確に伝えているか、わかったものじゃない。

私は戦争中、幸か不幸か兵役は免かれたが、いわゆる勤労奉仕《アルバイト・ディーンスト》と軍事教練とには、たえずまとわりつかれていた年代であった。終戦のころは厚木の海軍工廠にいたが、軍事的なものによって生活全部を統制されていたとはいえ、実際自分が言論人として言論統制の害悪を受けたわけではなく、そこには内心の奇妙な自由が満溢《まんいつ》していて、生活と芸術とをどうしても二元的に考えたがる私の傾向は、その当時に形成されたものではないかと思われる。

あとになって、ハタと気がついたのだが、戦争とはエロチックな時代であった。今巷に氾濫する薄汚ないエロティシズムの諸断片が、全部一本の大きなエロスに引きしぼられて、浄化されていた時代であった。そのことに当時気がついていなかったのだから、戦争中に死んでいれば、私は全く無意識の、自足的なエロスの内に死ぬことができたのだ、という思いを禁じがたい。平和論者にとっては、見つめたくない真実だろうが、たしかに戦争には、悲惨だけがあるのではない。それを私のような、何ら戦争の被害を受けないかのような人間が言うと思われると困るから、言っておくが、私も亦、戦争の間接の影響により、妹をチフスで喪っている。

さて、戦後の時代は、というと、私にとっては、一種の聾桟敷に置かれて見物させられた芝居だった、とても表現すべきか。すべてに真実がなく、見せかけだけで、何ら共感すべき希望も絶望もなかった、というのが、当時の私の正直な感想だが、一九四五年から五〇年にいたるそのへんてこりんな「悪時代」でさえ、今になってみると、一種の懐しさを以て思い返されるのだから、始末がわるい。

戦後の灰燼の中で、少くとも文学の世界で進行していたのは、建設の槌音《つちおと》ではなくて、破壊の羽音であった。倒れた巨牛の屍体にワッとたかる銀蠅のように、文学の役目は、実に公然と、腐敗と分解を進行させる役目であった。忌わしいことのようだが、よく考えると、文学には、こういう役目が一番向いているのである。腐敗と破壊が公然と支持され、革命を準備するという美名の下に、いわゆる進歩陣営すらそれに手を貸していた時代は、日本の歴史にめったにない、面白い時代であったと思われるのである。

（「潮」昭和40年8月）

果たし得ていない約束　私の中の二十五年

昭和45年

私の中の二十五年間を考えると、その空虚に今さらびっくりする。私はほとんど「生きた」とはいえない。鼻をつまみながら通りすぎたのだ。

二十五年前に私が憎んだものは、多少形を変えはしたが、今もあいかわらずしぶとく生き永らえている。生き永らえているどころか、おどろくべき繁殖力で日本中に完全に浸透してしまった。それは戦後民主主義とそこから生ずる偽善というおそるべきバチルスである。

こんな偽善と詐術は、アメリカの占領と共に終わるだろう、と考えていた私はずいぶん甘かった。おどろくべきことには、日本人は自ら進んで、それを自分の体質とすることを選んだのである。政治も、経済も、社会も、文化ですら。

私は昭和二十年から三十二年ごろまで、大人しい芸術至上主義者だと思われていた。私はただ冷笑していたのだ。或る種のひよわな青年は、抵抗の方法として冷笑しか知らないのである。そのうちに私は、自分の冷笑・自分のシニシズムに対してこそ戦わなければならない、と感じるようになった。

この二十五年間、認識は私に不幸をしかもたらさなかった。私の幸福はすべて別の源泉から汲まれたものである。

なるほど私は小説を書きつづけてきた。戯曲もたくさん書いた。しかし作品をいくら積み重ねても、作者にとっては、排泄物を積み重ねたのと同じことである。その結果賢明になることは断じてない。そうかと云って、美しいほど愚かになれるわけではない。

この二十五年間、思想的節操を保ったという自負は多少あるけれども、そのこと自体は大して自慢にならない。思想的節操を保ったために投獄されたこともなければ大怪我をしたこともないからである。又、一面から見れば、思想的に変節しないということは、幾分鈍感な意固地な頭の証明にこそなれ、鋭敏、柔軟な感受性の証明にはならぬであろう。つきつめてみれば、「男の意地」ということを多く出ないのである。それはそれでいいと内心思ってはいるけれども。

それよりも気にかかるのは、私が果たして「約束」を果たして来たか、ということである。否定により、批判により、私は何事かを約束して来た筈だ。政治家ではないから実際的利益を与えて約束を果たすわけではないが、政治家の与えうるよりも、もっともっと大きな、もっともっと重要な約束を、私はまだ果たしていないという思いに日夜責められるのである。その約束を果たすためなら文学なんかどうでもいい、という考えが時折頭をかすめる。これも「男の意地」であろうが、それほど否定してきた戦後民主主義の時代二十五年間を、否定しながらそこから利得を得、のうのうと暮らして来たということは、私の久しい心の傷になっている。

個人的な問題に戻ると、この二十五年間、私のやってきたことは、ずいぶん奇矯な企てであった。まだそれはほとんど十分に理解されていない。もともと理解を求めてはじめたことではないから、それはそれでいいが、私は何とか、私の肉体と精神を等価のものとすることによって、その実践によって、文学に対する近代主義的妄信を根底から破壊してやろうと思って来たのである。

肉体のはかなさと文学の強靭との、又、文学のほのかさと肉体の剛毅との、極度のコントラストと無理強いの結合とは、私のむかしからの夢であり、これは多分ヨーロッパのどんな作家もかつて企てなかったことであり、もしそれが完全に成就されれば、作る者と作られる者の一致、ボードレエル流にいえば、「死刑囚たり且つ死刑執行人」たることが可能になるのだ。作る者と作られる者との乖離に、芸術家の孤独と倒錯した矜持を発見したときに、近代がはじまったのではなかろうか。私のこの「近代」という意味は、古代についても妥当するのであり、「万葉集」でいえば大伴家持、ギリシア悲劇でいえばエウリピデスが、すでにこの種の「近代」を代表しているのである。

私はこの二十五年間に多くの友を得、多くの友を失った。原因はすべて私のわがままに拠る。私には寛厚という徳が欠けており、果ては上田秋成や平賀源内のようになるのがオチであろう。

自分では十分俗悪で、山気もありすぎるほどあるのに、どうして「俗に遊ぶ」という境地になれないものか、われとわが心を疑っている。私は人生をほとんど愛さない。いつも風車を相手に戦っているのが、一体、人生を愛するということであるかどうか。

二十五年間に希望を一つ一つ失って、もはや行き着く先が見えてしまったような今日では、その幾多の希望がいかに空疎で、いかに俗悪で、しかも希望に要したエネルギーがいかに厖大であったかに唖然とする。これだけのエネルギーを絶望に使っていたら、もう少しどうにかなっていたのではないか。

私はこれからの日本に大して希望をつなぐことができない。このまま行ったら「日本」はなくなってしまうのではないかという感を日ましに深くする。日本はなくなって、その代わりに、無機的な、からっぽな、ニュートラルな、中間色の、富裕な、抜目がない、或る経済的大国が極東の一角に残るのであろう。それでもいいと思っている人たちと、私は口をきく気にもなれなくなっているのである。

(「サンケイ新聞」〔夕刊〕昭和45年7月7日)

「悪時代」としての戦後

重症者の兇器

われわれの年代の者はいたるところで珍奇な獣でも見るような目つきで眺められている。私の同年代から強盗諸君の大多数が出ていることを私は誇りとするが、こういう一種意地のわるいそれでいてつつましやかな誇りの感情というものは他の世代の人には通ぜぬらしい。みだりに通じてくれては困るのである。

しかし、いつか通じる時が来る。サナトリウムに、今までいたどの患者よりも重症の患者が入院してくる。すると今までいたあらゆる患者の自尊心は、五体の健全な人間がさわがしくそこへ入って来るのを見ることによってよりも、はるかに甚だしく傷つけられる。かくしてかれらは一人一人のもっていた病気の虚栄心を、一転、健康の虚栄心に切りかえる。俺はお前より毎日二分ずつ熱が高いよと自慢していた男が、その日から、俺はお前より毎日二分ずつ熱が低いよと言い出した男に負けるのである。こういう価値の転換は、あの重症者を無視するための非常手段としてたしかに意味のあることである。彼等は安心して死を嘲けるようになる。しかし万が一、第一の重症者が医者の誤診であって、一週間もするとぴんぴんして退院してしまったら、あとはどうなることだろう。精神の世界では、こんなありえないような事件が屢々《しばしば》起るのである。そして寓話的な説明を台無しにしてしまうのがおちである。

われわれの年代――この奇怪な重症者――は、幸いにしてまだサナトリウムに入院してはいない。しかし私の直感にして誤りがないならば、サナトリウム内部では、既に無敵の重症者（リラダンの常套句に見るごとく、「もっと良い」ということは「良い」ということの敵であるから）の入院が噂され、この不吉な予測におびえて、早くも徐々に価値の転換が行われだしているようである。暗黙の約束による転換であれば、明示の約束よりずっと確実に実行されること疑いない。とはいえ、賢明な彼等のうちの一人でも、来るべき第一の重症患者が、入院一週間後、第一の健康者として誰よりもはやく退院してゆく成行を、予見することができようか。

若い世代は、代々、その特有な時代病を看板にして次々と登場して来たのであった。

彼らは一生のうちには必ず癒《なお》って行った。(と言っても、カルシウムの摂取で病竈《びょうそう》を固めてしまっただけのことだが) しかしここに不治の病を持った一世代が登場したとしたら、事態はおそらく今までの繰り返しではすまないだろう。その不治の病の名は「健康」と言うのであった。

一例をあげよう。たとえば私はこの年代の一人としてこういう論理を持っている。

「苦悩は人間を殺すか? ——否。

思想的煩悶は人間を殺すか? ——否。

悲哀は人間を殺すか? ——否。

人間を殺すものは古今東西唯一つ《死》があるだけである。こう考えると人生は簡単明瞭なものになってしまう。この簡単明瞭な人生を、私は一生かかって信じたいのだ」

私は私自身、これを「健康」の論理だと感じるのだ。この論理には、あるいは逃避の、あるいは自己放棄の影が見られるかもしれない。それにしてもこの性急な「否」に、自己の病の不治を頑なに信じた者の、快癒の喜びを決して知らない者の、或るいたましい平明な思考がひそむのを人は見ないか?

戦争は私たちが小学生の時からはじまっていた。新聞というものは戦争の記事しか載っていないものと思っていたので、ある朝学校へ行って「アベのオサダ！　アベのオサダ！」と皆がさわいでいるのをきいても何のことかわからなかった。中学へ入ると匆々《そうそう》、教練の時間が二倍になった。そのうちに、ゲートルを巻かなければ校門をくぐれないようになった。銃剣術も日課の一つであった。成長しきらないわれわれの声帯から、あの銃剣を突き出すときの「ギャッ」という掛声が発せられても、嗜虐的《しぎゃくてき》であるべき「ギャッ」が青くさい被虐的な「ギャッ」になってしまうので、校庭には異様な凄惨な雰囲気がただよった。

これから見ても、われわれの世代を「傷ついた世代」と呼ぶことは誤りである。虚無のどす黒い膿《うみ》をしたたらす傷口が精神の上に与えられるためには、もうすこし退屈な時代に生きなければならない。退屈がなければ、心の傷痍は存在しない。戦争は決して私たちに精神の傷を与えはしなかった。

のみならず私たちの皮膚を強勒にした。面《つら》の皮もだが、おしなべて私たちの皮膚だけを強靭にした。傷つかぬ魂が強靭な皮膚に包まれているのである。不死身に似ている。縁日の見世物に出てくる行者のように、胸や手足に刀を刺しても血が流れない。些細な傷にも血を流す人々は、われわれを冷血漢と罵りながら、決して自殺が出来ない不死身者の不幸については考えてみようともしない。「生の不安」という慰めをもたぬこの魂の珍奇な不幸を理会しない。

――私は自分の文学の存在理由ともいうべきものをたずねるために、この一文を書きはじめたのではなかったか。しかしすでにその半ばを、私は自分の年代の釈明に費して来た。それは私が、文学が環境の産物であるという学説を遵奉《じゅんぽう》しているためではない。ただ何らかの意味で私たちが、成長期をその中に送った戦争時代から、時代に擬すべき私たちの兇器をつくりだして来たということを言いたかったのだ。丁度若き強盗諸君が、今の商売の元手であるピストルを、軍隊からかっさらって来たように。そして彼らが自分たちの生活をこの一挺のピストルに託しているように、私たちも亦、私たち自身の文学をこの不法の兇器に託する他はないだろうから。盗人にも三分の理ということは、盗人が七分の背理を三分の理で覆おうとする切実な努力を、つまりはじめから十分の理をもっている人間の与《あずか》り知らない哀切な努力を意味している。それはまた、秩序への、倫理への、平静への、盗人たけだけしい哀切な憧れを意味する。

先頃ある批評家が、私が文学というものを生活から離れた別のものとしてはっきり高く考えていることを指摘した。私は喜んでその指摘をうべなう。しかしそれはそれとして、「芸術」というあの気恥かしい言葉を、とりわけ作家・批評家にとってはタブウであるらしいあの言葉を、臆面もなくしゃあしゃあと素面《しらふ》で口にするという芸当は、われわれ面の皮の厚い世代が草始することになるだろう。作家は含羞から、批評家は世故から、芸術だの芸術家だのという言葉をたやすく口にしなかった。彼らは素朴な観念というものが人を裸かにすることを怖れるあまり、却《かえ》ってその裏を掻いて、素朴な観念ほど人間の本然の裸身を偽るものはないという教説を流布させた。

「芸術」とは人類がその具象化された精神活動に、それに用いられた「手」を記念するために与えた最も素朴な観念である。しかしこの言葉がタブウになると、それは「生」とか「生活」とか「社会」とか「思想」とかいうさまざまな言替の言葉で代置された。これらの言葉で人は裸かになりえたか。なりえない。何故なら彼等はこれらの言葉が、この場合、代置としてのみ意味を持たしめられていることに気附いていないのだから。それに気附きつつそれに依った真の選ばれた個性は、日本ではわずかに二三を数えるのみである。

私はそのような選ばれた人々のみが歩みうる道に自分がふさわしいとする自信をもたない。だから傷つかない魂と強靭な皮膚の力を借りて、「芸術」というこの素朴な観念を信じ、それをいわゆる「生活」よりも一段と高所に置く。だからまた、芸術とは私にとって私の自我の他者である。私は人の噂をするように芸術の名を呼ぶ。それというのも、人が自分を語ろうとして嘘の泥沼に踏込んでゆき、人の噂や悪口をいうはずみに却って赤裸々な自己を露呈することのあるあの精神の逆作用を逆用して、自我を語らんがために他者としての芸術の名を呼びつづけるのだ。これは、西洋中世のお伽噺《とぎばなし》で、魔法使を射殺するには彼自身の姿を狙っては甲斐なく、彼より二三歩離れた林檎の樹を狙うとき必ず彼の体に矢を射込むことができるという秘伝の模倣でもあるのである。——端的に言えば、私はこう考える。（きわめて素朴に考えたい）生活よりも高次なものとして考えられた文学のみが、生活の真の意味を明かにしてくれるのだ、と。

　こうして文学も芸術も私にとっては一つの比喩であり、またアレゴリイなのであった。そこまで言ってしまっては身も蓋もなくなるようなものだが、それは言わせる時代の方が悪いのである。解説を批評とまちがえ、祖述を文学精神ととりちがえているこの仮装舞踏会めいた奇妙な一時期は、一方また大小さまざまの彫刻展覧会で賑わっていて、そこでは丈余の大彫刻の裏側にかならず秘密の梯子《はしご》がかけてあって、「批評家は御随意にお上り下さい」というラテン語が刻んであるのである。ラテン語が読めるのは批評家だけだから一般大衆が上る気づかいはないが、うっかりこの梯子をかけておくのを忘れたり、梯子なんかかけるものかと意地を張ったり、もっともよくないのは、人が這い上る心配がないように青銅の表面をツルツルに磨きをかけたりしてある意地わるな彫刻は、「ははあ、おびんずるが紛れ込んだな」と誤解されても仕方がない。彼はむしろ、彼一人の手でこんなに磨きあげた彫刻が、幾千幾万の無智にして無垢・迷信ぶかくして愛すべき民衆の手で磨きあげられたおびんずるに間違えられたことを、(この幸運にして名誉ある誤解を)、神および彼自身に感謝すればよいのである。

(「人間」昭和23年3月)

精神の不純

近頃必要があって記紀を読み返した。軽皇子《かるのみこ》が父天皇の寵妃《ちょうひ》衣通郎女《そとおりのいらつめ》と通ずるあたりの簡潔な叙述に、古代のまばゆい肉体の純粋さがあふれている。恋愛を全く肉体的な衝動としてとらえて、肉体の力一つで見事に浄化し切っている。精神の助力をたのんでいない。これに比べると、わが国中世の隠者文学や、西洋のアベラアルとエロイーズの精神愛などは肉体から精神へのいたましい堕落と思われる。精神が肉体の純粋を模倣しようとしている。宗教に於ては「基督《キリスト》のまねび」それは愛においても肉体のまねびであった。近代以後さらにその精神の純粋すら失われて今日見るような世界の悲劇のかずかずが眼前にある。

尤もここで僕が語ろうとするのは世界の問題ではない。いわゆる文学の純粋さということも肉体の純粋に尽きるのではないかということだ。日本の作家では、志賀直哉氏と川端康成氏がこの肉体の純粋をえがきえた両極の作家として考えられる。両氏が創造した人物は、肉体のまわりにはりめぐらされた精神の思想のわなに決して落ちない類いまれな肉体の智恵にみちびかれて行動する。それが両氏の作品に、一見対蹠的でありながら深く共通した異常な清潔さを与えるのである。

終戦後、世人の嗜好がエロティシズムに傾くやこれに応じた敏腕な作家も二、三現われた。しかしなお肉体は悪徳としての魅力から脱せず、精神の純粋という先入主は肉体の不純という先入主をしらずしらず随伴している。結論を急げば、僕は生れるべき新らしい文学が、しばらく肉体から目を離して、精神の本質的な不純さをあばき立てる方面に進むことを空想するのだ。あえて精神のためにする不純な様式の創造。それは結局、僕の逆説的な少々皮肉な「新ヘレニズム」を語るに落ちたものというべきであろうか。

（「第一新聞」昭和22年3月27日）

美しき時代

それがたとえどのような黄金時代であっても、その時代に住む人間は一様に、自分の生きている時代を「悪時代」と呼ぶ権利をもっていると私には考えられる。その呼びかけは、時代の理想主義的な思想と対蹠的なものとなるところの、いわば「もう一つの・暗黒の理想主義」から発せられる叫びである。あらゆる改革者には深い絶望がつきまとう。しかし改革者は絶望を言わないのである。絶望は彼らの理想主義的情熱の根源的な力であるにもかかわらず、彼らの理想はその力の根絶に向けられているからである。一方、暗黒の理想主義から発せられる「悪時代」という呼びかけも絶望をいわない。絶望はおそらく自明の理、当然の前提で、いうに値いしないからである。この一点で両者は、第三者には理解しえないフリー・メーソン的な親密な目くばせをする。

より良き時代を用意するための準備段階として、現代は理想主義者にとっては完全な悪時代ではありえない。何らかの意味で上昇しつつある段階である。しかしこういう可能性において一時代を見ている人間は、その時代を全的に生きているとはいえない。是認は非歴史的な見地で行われる。この種の是認が一種の生の放棄を意味することは見易い道理である。また一方、現代を悪時代と規定する人間は、否定を通しての生き方においてもなお、その時代を全的に生きているとはいえない。なぜならこの否定は、「悪時代」と呼びかける根拠それ自身を否定することはなく、当然の前提である絶望は、その実決して否定によって現実的なものにまで持ち来《きた》されないからである。ここにもまた放棄がありそれは前者の放棄と同種のものである。

この間にあって、「絶望する者」のみが現代を全的に生きている。絶望は彼らにとって時代を全的に生きようとする欲求であり、しかもこの絶望は生れながらに当然の前提として賦与《あた》えられたものではなく、偶発的なものである。なればこそかれらは「絶望」を口叫《さけ》びつづける。しかもこのような何ら必然性をもたない絶望が、彼らを在るが如く必然的に生きさせるのである。彼らにとっては、偶発的な絶望によって現代が必然化されており、いいかえれば、絶望の対象である現代は、彼らにとって偶然の環境ではない。

この偶然的な絶望は、それが時代を全的に生きようとする欲求であることを通して、生の一面である。決定論的な前提を全く控除した生の把握がそこにみられる。ここではどのような意味でも生の放棄はありえない。

終戦後の思想界のおおよその傾向は、以上の三つに分類されるようである。理想主義はヒューマニズムの立場であり、絶望主義はその偶然性によってヒューマニズムを乗り越えようとする立場であり、あとに残る一つのものは純然たる反ヒューマニズムの立場である。第一のものが宗教的傾向との間に次第に協調をみせ、第二のものが「生の哲学」に由来していることはとうに興味を惹く事実である。第三のものはまだ確乎たる立場を持っているとはいえない。私は現在の最も若い青年層の間にある漠たる虚無的な傾向といわれるものをこれに包括したのである。私自身の思考も最もこれに隣接しているにちがいない。

それは理想主義がそうであるような意味において、すなわち生の放棄という意味において、虚無的であるにすぎない。この暗黒の理想主義は、一定の理想像を信ぜぬほどに純粋なのである。

しかも彼は懐疑に逃避するでもない。懐疑の偶発的な構造が、彼の置かれた環境の偶発性に溶解されてしまう懐疑がないために、普通いわれる意味での信仰もありえない。すこぶる日常的な、生理的ですらある絶望が彼を支配し、彼の偶発的な環境が、彼の生を運命化するのである。今自ら生きつつある時代を「悪時代」と呼ぶこと、それは彼のうちの何ものをもジャスティファイするわけではない。彼には現代が良くなりつつある時代であるという理念的な確信に生きることができず、さりとて当然の前提である絶望を偶然化してそれによって没理想的に生きようとすることもできないので、彼は自己の生のただ一つの確証として「悪い時代だ」と呟きを洩らすのである。

「お前は実に美しい！　しばし止まれ！」

ファウストの最後の言葉の逆を行って、彼は、お前は実に醜い、しばし去れ、と呼びかけるのである。それが何の役に立とうか。いつも彼を脅やかすのは「お前は実に美しい！　しばし止まれ！」という限りなく豊かな詩句の方なのである。しばし去れ、と呼ぶことによってともに放棄される自己の生の一瞬間を、彼は放棄することによってしか確認されえないという無言の絶望で見送るのである。そのとき彼を襲うものは暗い後ろめたいお尋ね者の感情だ。声帯を破った鳥のような焦燥だ。

ある快晴の一日、私は横須賀近郊の観音崎灯台を訪れた。多くの散歩者が灯台の下の磯で弁当をひろげたり、楽しそうに語り合ったりしていた。私は彼らに背を向けて一つの平たい巌《いわ》のもっとも海に接したところに身をもたせた。波はすこしもなく引き潮で浅瀬には美しい姿の岩があちこちに肩をあらわしていた。ここは東京湾の出口に当っていて、対岸の房総半島との間の海峡を大小さまざまの船が通過するのが見られるのである。左方の沖には横浜港が色どりの雑多な鉱粉をばらまいたように微細に望まれた。そこの沖から大きな古びた汽船が太平洋のほうへ出てゆくのである。私は対岸の定かならぬ緑や土やその上に静かに息をこらしている熾天使《してんし》のような雲などを背景に、美しい船がゆるやかに海峡を通りすぎてゆくのを見た。船具が海の反映でまばゆく光り、甲板に立っている水夫たちのシャツの縞目まではっきりと見えた。

「お前は実に美しい！　しばし止まれ！」

この瞬間なら私は躊躇《ちゅうちょ》なくこのように呼びかけることのできる自分を感じた。しかし私の目の前を通りすぎようとしているものは、美しい時代ではなくて美しい船なのであり、私の置かれている場所は風景の中にすぎなかった。しかし幼年時以来私の唯一の願いは風景の中に生きつづけることであった。その願いは実に徹底的に完膚なきまでに叶えられなかった。

（「学園新聞」昭和23年7月12日）

反時代的な芸術家

新しい人間と新しい倫理とは別のものではないのである。倫理とは彼の翼にすぎぬ。倫理とは彼の生きる方法だ。方法なしに生きる場合に無倫理と云われる。しかし厳密な意味での無倫理というものはない。生そのものが内在的に一つの方法を負うているからだ。生きようとする時、彼の智慧は既に生きる方法を知っているからである。しかし単なる「生きようとする意志」——これだけはどうにもならぬ。方法喪失症が意志の美名でよばれている。これこそ無倫理だ。そして生の擬態にすぎぬそれが、今でも生そのものと間違えられている。

＊

新しい人間と倫理の模索は、或る「原型」の模索を意味しているらしい。ゲエテにおいては、それは宇宙の内在というような原型の模索であった。それは自我を小宇宙《ミクロコスモス》とする欲求だった。日本の中世においては、彼の芸術のひろがりに直《じか》に接する地点として、もっとも星空に近い場所が、隠者の草庵が選ばれた。

作家が企業家を兼業しようと、大学教授を兼ねようと、この事情にはかわりはない。作家がとりうる「新しい道」というものはなく、彼がなりうる「新しい人間」というものはない。彼が意図するのは原型だけだ。原型の模索が芸術家にとっての凡てである。原型の能《あた》うかぎり正確な能うかぎり忠実な再現、それが彼のもつ倫理の新しさに他ならぬ。

「新しい人間と新しい倫理」は芸術作品の中にしかありえないのである。しかも作品の中にあらわれた新しい人間像は、きわめて正確な程度にまで到達された作者の原型の模写に他ならず、各人各様のその到達の方法は、人間の歴史と共に古いのである。

原型とは芸術家のもっとも非芸術的な欲求の象徴と言ってよいかもしれぬ。原型における芸術家は完全な意味での「被造物」に化身する。そこには、古代の壁画や紙草《パピルス》に書かれた稚拙な絵画が、その芸術的衝動の源泉を、「死」に見出だしたのと相似た消息が見られるのである。あらゆる創ろうとする欲求の根柢の力が、創ろうとする欲求と反対の力なのである。いかなる鋳像も鋳型を求めるのだ。それなしには彼の再生と繁殖はありえず、しかもそれとの合一の瞬間に彼の存在も亦失われるところのあの鋳型を。

＊

一つの寓話——ある小説の中から一人の人間が立上って歩き出した。彼は生きていた。彼は新しい宗教と美学を布教した。数多くの信奉者が出た。彼らはあの「一人」の話し方を真似、歩き方を真似た。その結果彼らはAがBであるかBがAであるか見分けがつかなくなった。彼らは作者のところへ抗議を申込みに行った。「あの『一人』のおかげでこんなことになったのです。即刻彼を殺して下さい。なぜなら彼には模倣される才能があるきりで模倣する才能がないからです。もし彼に私たちを模倣する才能があったら、私たちのヴァリエーションは失われずにすんだでしょう」

賢明な作者は答えた。「よろしい、彼を殺すのはわけはない。しかしもっと穏便な方法がある。『彼』を無数にふやすのです。するとあなた方は模倣の欲求から免れることができるでしょう」
「そうです。相手が一人でさえなければこっちのものです」
勇者たちはお礼をのべて立去った。

*

もう一つの場合、――「あの『一人』を即刻殺して下さい」「よろしい」と作者は答えて殺した。すると彼らはみな彼をまねて死んでしまった。しかし死は模倣ではない。一人一人が一人一人の死を死んだのである。尤も彼らの死はのこらず「歴史」に既に書いてあった。そして彼らの死も亦丹念に「歴史」に書かれた。

*

しかし又、徹頭徹尾独創的でないところの作品を書きうるほどに文学は新しくなりえない。文学のみならず芸術万般の限界がそこにある。なぜなら文学は不幸にしてまだ終らないから。反之《これにはんし》、歴史はいつも終っている。芸術上の新しさは歴史の新しさの敵ではない。

＊

単に金儲けの目的で文学をはじめようとする青年たちがいる。これは全く新しい型だ。君たちの動機の純粋を私は嘉《よみ》する。「金のため」――ああ何という美しい金科玉条、何という見事な大義名分だ。私たちの動機はそれほど純粋ではない。もっと気恥かしい、口に出すのも面伏《おもぶ》せな欲求がこんがらかって私たちを文学へ駆り立てた。だが私たちだけに言える種類の皮肉もあるのである。

「金のためだって！　そんな美しい目的のためには文学なんて勿体《もったい》ない。私たちは原稿の代価として金を受取るとき、いつも不当な好遇と敬意とを居心地わるく感じなければならないのです。蹴飛ばされる覚悟でいたのがやさしく撫でられた狂犬のようにして」

＊

こいつをうまく両手に捌《さば》こうという人たちがいる。一方で出版業その他、一方で芸術。――これも一つの新しい型だ。しかしその時彼の生活の投影する場所がなくなってしまう。両方から等分の照明で照らされた板のように。そこで彼の二重性はその架空の（影なき）二重性のなかで解決される他はなくなる。彼は一日の或る時間において完全な程度に芸術家である。そのとき彼の生活の印象は濾過作用を経ないで毎日せき止められて腐ってしまう。彼はその時間のあいだ純粋に芸術的な欲求だけで充たされる。彼にあの「原型」への意慾（非芸術的な意慾）が失われる。彼は「芸術愛好家」になる。

＊

私の夢みる「新しき人間」の一典型――。

歴史の悲劇性を今日の日常生活の倫理にまで導入し、それを「ヘルマンとドロテア」的な永遠の日常生活を描破した作品の健康にして強烈な裏附となしうる人。「ヘルマンとドロテア」を独乙《ドイツ》に於ける健全な中産階級の興隆と照応した歴史的所産と見ることは俗説にすぎぬ。歴史の意義をそう考えることからして俗見である。「ヘルマンとドロテア」は創造以外の何ものでもない。歴史はゲエテの produktiver Geist を通して、超歴史的な芸術上の一規範を創造したのである。歴史性の最も重要な要件は反時代性だ。これによって歴史が歴史を超え、現実生活の永遠の一典型を生み出すのである。真の歴史的所産は「超えられた歴史」なのである。創造的精神が今の日本に存在するならば、「ヘルマンとドロテア」は、時代の如何に不拘《かかわらず》、忽《たちま》ちにして書かれる筈である。

＊

私の夢みる「新しき倫理」の一典型――。
芸術作品を実生活上の倫理と考えた中世的な芸術家精神の復活。

――一九四八、八、一――
（「玄想」昭和23年9月）

死の分量

コロンブスがアメリカを発見して、世界の次元が変った。二次元の世界に住んでいた人々が、三次元の世界に住むようになった。サン・サルヴァドル島の命名が一四九二年で、こうして世界の人々が地球の丸いことを感覚的に承認してから、五十年後に、コペルニクスの地動説がとなえられるようになったのである。

私はここで、何も西洋歴史のおさらいをはじめようというのではないが、この時代に発明された重要なものが三つあることも、私は学校で教わっている。すなわち磁石と火薬と活字である。

コロンブスは磁石の発明のおかげで、アメリカを発見することができたが、この世界のひろがりを助けたのは、火薬と活字の発明である。大砲が発明され、どんな城壁もこの新らしい武器の前には歯が立たず、戦争の仕方はすっかり変り、騎士道的な一騎打は、昔語りになってしまう。一方、活字のおかげで、グーテンベルヒは聖書を印刷し、思想は、口伝乃至《ないし》写本による時間的な伝承の時代をすぎ、空間的な普及の時代に入るのである。

今になってみると、ほとんど同時代におけるこの火薬と活字の発明は、皮肉な意味をもっていたように思われる。

文化の普及は破壊力の普及と手をたずさえていたのである。思想の空間的な拡大は、同時に、破壊力の進歩による統一を促した。近代的な統一国家が成立するには、大砲の発明による城壁の無力化がまず必要だった。

＊

さて、刀剣や槍や弓矢は人間を個別的に殺すにすぎない。ホメロスの叙事詩には、煩をいとわず、戦場や私闘における人間の個別的な死が列挙されている。神話時代のギリシャ人は馬をさえ知らなかった。異国人の戦士が馬に乗って来るのに怖れおののいて、ケンタウロスという怪物のイメージを創造したくらいである。

ポリス的結合が生ずると、ギリシャ人の世界はポリスがその全部だった。さらに植民地が開拓され、植民地がかれらの世界に加わった。しかしポリスが滅びることは、かれらの世界が滅亡することだった。

ローマ時代にいたって、世界は大いに拡大され、イギリスからスペイン、アフリカから小アジア以東にまで、大羅馬《ローマ》帝国の版図がひろがる。これはヨーロッパ人が発見した最大の世界であったと思われる。なぜなら奴隷をのぞいてローマ人たちは皆個別的な死を死ぬことができたが、かれらの死は毫《ごう》もローマの永生を疑わず、ローマを亡ぼすに足るほどの破壊力は、まだ発明されていなかったからである。

中世における世界像の縮小とコロンブスのアメリカ発見による再拡大、近世における植民地の争奪による世界像の終局的拡大、……こういうものを通じて、前大戦後の失敗におわった国際連盟あたりから、世界国家の理想が登場してくる。第二次大戦後にもこの理想は、国際連合の形で生き延びている。

そこで問題は、原子爆弾と国際連合との宿命的なつながりに帰着する。

われわれはもう個人の死というものを信じていないし、われわれの死には、自然死にもあれ戦死にもあれ、個性的なところはひとつもない。しかし死は厳密に個人的な事柄で、誰も自分以外の死をわが身に引受けることはできないのだ。死がこんな風に個性を失ったのには、近代生活の劃一化と劃一化された生活様式の世界的普及による世界像の単一化が原因している。

ところで原子爆弾は数十万の人間を一瞬のうちに屠《ほふ》るが、この事実から来る終末感、世界滅亡の感覚は、おそらく大砲が発明された時代に、大砲によって数百の人間が滅ぼされるという新鮮な事実のもたらした感覚と同等のものなのだ。小さな封建国家の滅亡は、世界の滅亡と同様の感覚的事実であった。われわれの原子爆弾に対する恐怖には、われわれの世界像の拡大と単一化が、あずかって力あるのだ。原爆の国連管理がやかましくいわれているが、国連を生んだ思想は、同時に原子爆弾を生まざるをえず、世界国家の理想と原爆に対する恐怖とは、互いに力を貸し合っているのである。

交通機関の発達と、わずか二つの政治勢力の世界的な対立とは、われわれの抱く世界像を拡大すると同時に狭窄《きょうさく》にする。原子爆弾の招来する死者の数は、われわれの時代の世界像に、皮肉なほどしっくりしている。世界がはっきり二大勢力に二分されれば、世界の半分は一瞬に滅亡させる破壊力が発明されることは必至である。

しかし決してわれわれは他人の死を死ぬのではない。原爆で死んでも、脳溢血で死んでも、個々人の死の分量は同じなのである。原爆から新たなケンタウロスの神話を創造するような錯覚に狂奔せずに、自分の死の分量を明確に見極めた人が、これからの世界で本当に勇気を持った人間になるだろう。まず個人が復活しなければならないのだ。

（初出未詳・昭和28年9月25日）

道徳と孤独

一国会議員に関する妙な醜聞を私はきいている。証人の一人は戦時中永く外地にあった私の友人である。もう一人はその国会議員の上官であった高級将校である。

それによると、某国会議員には人肉嗜食《キャニバリズム》の傾向があった。私の友人は当時外地で彼の上官であったその男から食事に招かれた。善美を尽した洋食のコースに、ホワイト・ソースをかけた鶏肉らしいものが供された。私の友人は何も疑わずに喰べ進んだ。半ばまで喰べおわったとき、上官は哄笑してこう言った。

「君が喰っておるのは、それは人肉だよ」

私の友人は別室へ走って、嘔吐した。

もう一人の証人である某高級将校は、その男が人間の生胆《いきぎも》を好んで喰べていたのを目撃している。

「これは大へん健康によろしい」とその男は言っていた由である。

「事実、非常にいいのだ。私はこいつを鮮度が落ちないようにうまい具合に急送して、天皇陛下に献上しようと思っている」

某高級将校の制止によって、但し献上は沙汰止みになった。

極度の飢餓から、戦場において、屍体が喰われるという問題を、大岡昇平氏は小説「野火」で扱っている。十八世紀のサド侯爵は、作品の各所に、人肉嗜好《しこう》を鏤《ちりば》めている。サドの作中人物は、作者の企てた思想的必然によって人肉を喰う。宗教的実体が極度に衰微した時代に、しかも個性の束縛を極度に蒙《こうむ》った作家が、その汎神論的衝動から、作中人物をして人肉嗜食に陥らしめる。これは一種の精神的飢餓から来た反抗的キャニバリズムということができよう。

しかし某国会議員は、どういう種類の飢餓からも免かれた状態、一方、憎悪や怨恨などのいかなる人間的動機からも無縁な状態で、人肉を常食とした。「健康にいい」と思ったからである。そして彼の道徳がいかなるものであり、又彼が、いかにその道徳によって自足していたかは「天皇陛下に献上したい」という、陛下の健康を慮《おもんぱか》る「忠誠心」によくあらわれている。

多くの人が目をそむけて通りたがるこの最もぞっとする嗜好のうちに、多分、人間関係を規制する道徳の、究極の問題が登場してくる。人間が人間を喰うことを許容する道徳が存在しうるか。もし一道徳が戦争による殺人を許容するなら、その先に横たわるキャニバリズムを、論理的に否定しうるか。その否定は論理を単なるタブゥに連繫したものではないのか。

この世で最も怖ろしい孤独は、道徳的孤独であるように私には思われる。もし某国会議員が、生れながらに人肉嗜好の病的衝動の持主であったとしたら、問題はまたおのずから変ってくる。自然は道徳と無関係に事を運び、人間道徳に根本的に背馳した人間を作ることが往々あるが、こういう人間は、たとえその嗜好を、犯罪を免かれて満足させうる前述のような好機に恵まれても、犯罪の恐怖よりももっと怖ろしい道徳的孤独に心を苛《さいな》まれるにちがいない。良心という言葉は、あいまいな用語である。もしくは人為的な用語である。良心以前に、人の心を苛むものがどこかにあるのだ。某国会議員は道徳に自足し、道徳的孤独に陥らなかったから、おそらく良心の苛責《かしゃく》を味わわなかったものと思われる。道徳的に孤立せぬかぎり、われわれは良心を身勝手に操作することもできる筈である。

人がおのれの衝動乃至そこからあらわれた行為を、是認しあるいは否定する歴史は、一個人の成長の歴史にも明瞭に見られる。われわれは少年時代に自分の肉体の裡に頭をもたげてくる自然の暴力を自覚する。大抵の場合この自然の力は、外部から彼に与えられた道徳との間に、悲劇的矛盾を生ずる。彼はまだ未経験で、自然を熟知していないから、自然と既成道徳との間の馴れ合いの部分に未知であり、もしくは潔癖さからそれを知ることを拒絶して、道徳的孤独に陥り、ある者はそのさなかに在って自殺する。ある者は「自然」を選択し、身を持ち崩し、犯罪者になる。戦後の青少年の道徳喪失と呼ばれるものは、人生の当初に陥った道徳的孤独の未解決、もしくははやまりすぎた解決に由来するものであろう。

道徳の任務は、各人に濃淡の差こそあれ、何人《なんぴと》も免かれがたいこの道徳的孤独からの救済であると私には思われるが、多くの道徳は自然に対抗して、自然を規制しながら、却って自然に屈服している。あらゆる道徳は個々人との関係を通じて普遍的傾向を持つものであるから、自然の普遍的側面を強調して、この側面を是認し、いわば自然の総論にとどまって、自然の各論を、罰則や禁忌の羅列に充てているのである。その結果、自然の偏見が、往々、道徳的偏見の形をとってあらわれる。最近問題になっている米国の共産主義弾圧の如きも、米国人の自然の偏見が、道徳的偏見の仮面をかぶったものであり、米国内における黒人に対する偏見と同様に、新教主義の一弊害と思われる。

道徳の進歩は、自然の諸条件と人間の社会生活とのたえざる調整にあるので、道徳の敵は、実は自然ではなくて、前述の国会議員が陥ったような、道徳的自足の停滞状態である。非人間性はそこにあり、人間は自然を内包しているから、自然を以て非人間的と罵《ののし》ることはできない。

これに反して道徳的孤独から来る自然の深い道徳的自覚は、一旦自然を敵にまわした者のジュンテーゼであったが、自然といつも親しく暮して来た日本人は、こういう道徳感覚の持ち合せに乏しかった嫌いがある。

飢餓は自然の一状態である。しかし法律上の緊急避難にも似たこの際の人肉喰いからも、人は道徳的孤独に陥る。

多神教とポリス的結合の下にあった古代ギリシァが、道徳と自然との調整においていかに巧みであったかは、正直のところ、ギリシァに対する私の関心の首位を占めるものである。

（「文學界」昭和28年10月）

モラルの感覚

最近ウェイドレーの「芸術の運命」という本を面白く読んだが、この本の要旨は、キリスト教的中世には生活そのものに神の秩序が信じられていて、それが共通の様式感を芸術家に与え、芸術家は鳥のように自由で、毫も様式に心を労する必要がなかったが、レオナルド・ダ・ヴィンチ以後、様式をうしなった芸術家は方法論に憂身をやつし、しかもその方法の基準は自分自身にしかないことになって、近代芸術はどこまで行っても告白の域を脱せず、孤独と苦悩が重く負いかぶさり、ヴァレリーのような最高の知性は、こういう摸索の極致は何ものをも生み出さないということを明察してしまう、というのである。著者はカソリック教徒であるから、おしまいには、神の救済を持出して片づけている。

道徳的感覚というものは、一国民が永年にわたって作り出す自然の芸術品のようなものであろう。しっかりした共通の生活様式が背後にあって、その奥に信仰があって、一人一人がほぼ共通の判断で、あれを善い、これを悪い、あれは正しい、これは正しくない、という。それが感覚にまでしみ入って、不正なものは直ちに不快感を与えるから「美しい」行為といわれるものは、直ちに善行を意味するのである。もしそれが古代ギリシャのような至純の段階に達すると、美と倫理は一致し、芸術と道徳的感覚は一つものになるであろう。

最近、汚職や各種の犯罪があばかれるにつれて、道徳のタイ廃がまたしても云々されている。しかしこれは今にはじまったことではなく、ヨーロッパが神をうしなったほどの事件ではないが、日本も敗戦によって古い神をうしなった。どんなに逆コースがはなはだしくなろうと、覆水は盆にかえらず、たとえ神が復活しても、神が支配していた生活の様式感はもどって来ない。

もっと大きな根本的な怖ろしい現象は、モラルの感覚が現にうしなわれている、ということではないのである。

今世紀の現象は、すべて様式を通じて感覚にじかにうったえる。ウェイドレーの示唆は偶然ではなく、彼は様式の人工的、機械的な育成ということに、政治が着目してきた時代の子なのである。コミュニズムに何故芸術家が魅惑されるかといえば、それが自明の様式感を与える保証をしているように見えるからである。

いわゆるマス・コミュニケーションによって、今世紀は様式の化学的合成の方法を知った。こういう方法で政治が生活に介入して来ることは、政治が芸術の発生的方法を模倣してきたことを意味する。我々は今日、自分のモラルの感覚を云々することはたやすいが、どこまでが自分の感覚で、どこまでが他人から与えられた感覚か、明言することはだれにでもできず、しかも後者のほうが共通の様式らしきものを持っているから、後者に従いがちになるのである。

政治的統一以前における政治的統一の幻影を与えることが、今日ほど重んぜられたことはない。文明のさまざまな末期的錯綜の中から生れたもっとも個性的な思想が、非常な近道をたどって、もっとも民族的な未開な情熱に結びつく。ブルクハルトが「イタリー・ルネッサンスの文化」の中で書いているように「芸術品としての国家や戦争」が、劣悪な形で再現しており、神をうしなった今世紀に、もし芸術としてなら無害な天才的諸理念が、あらゆる有害な形で、政治化されているのである。

芸術家の孤独の意味が、こういう時代ではその個人主義の劇をこえて重要なものになって来ており、もしモラルの感覚というものが要請されるならば、劣悪な芸術の形をした政治に抗して、芸術家が己れの感覚の誠実をうしなわないことが大切になるのである。

（「毎日新聞」昭和29年4月20日）

二十代の自画像

招かれざる客

僕はどこにいてもその場に相応《ふさわ》しくない人間であるように思われる。どこへ出掛けても僕という人間が、いるべきでない処にいる存在のように思われる。僕はどこにいたらよいのかいつまで経ってもわからないが、生きてる以上どこかにいなくてはならない。時間の上でも右と同様である。戦争中、僕は戦争が済んだら僕にふさわしい場所で仕事が出来るように錯覚していた。しかし済んでみると、依然、僕はいてはならない時間と場所にもじもじしながら坐っている。これは驕《おご》った嘆きというものだろうか。こういう嘆きに低迷しているのは、僕の心構えが甘いからだろうか。真の芸術家は招かれざる客の嘆きを繰り返すべきではあるまい。彼はむしろ自ら客を招くべきであろう。自分の立脚点をわきまえ、そこに立って主人役たるべきであろう。

とはいえ、この居心地のわるさが多くの場合僕の作品の生れる契機となっている。僕は偶々《たまたま》口に入った異物に対する不快より先に、口に入れられた異物自身の不快を知っている。このことは却って、ある時代に生きる人々の不幸を知るより先に、ある時代それ自身の持つ不幸を直感せしめる捷径《しょうけい》である。少くとも僕はそう信じたい。――僕を招かれざる客として遇する時間と場所の更に奥・更に彼方に存するものと僕は不幸を頒ち合い、頒ち合うことによって親近感を得ようと欲しもする。今我々がそれと対決を迫られている戦後の茫々たる無秩序は、我々の好悪・理論・道徳的信念のよく左右しうるところではない。解釈は可能であり、依然として解決は不可能である。ただ僕は招かれざる客としてこう直感する自由をもっている。「無秩序自身にとって無秩序は不幸であるに相違ない」と。僕は時代が自身に不幸を課したのだと思う。

そしてまた人間がこの期に及んでも抱いて離さないナルチスムスの凄惨さを考える。人間は己が病毒を指摘されることによっても容易に己惚《うぬぼ》れる。この弱味につけこむ者が喝采を博するのは当然なことである。人間を人間から放逐すること以外に、よき治療法は残されていないのではないかとさえ思われる。それというのも僕は戦争時代に人間が人間を見失ったとは考えていないからだ。戦争時代には人は今よりももっと切なく、人間という最愛の者の消息にひたすら耳を澄ましていたと知っているからだ。

然しナルチスムスの昂進は、地上に嘗てないほど孤独が繁殖してゆくのと正比例するようである。ナルチスムスの考察は孤独の考察に帰着するようである。そのためにも僕は招かれざる客の冷め果てた目が自分に備わってくるまで待ちたいと念《ねが》う。その目を養い育てることが当為ではなくて義務だと感ずる。僕はその時人間関係をフラスコの中、真空状態の中にとじこめてみたい。心理の化学変化をしらべ、元素の周期律表のような、心理の様式化と象徴化を完成したい。人間を一旦孤独という元素に還元し、いかに複雑微妙な結合を示す時も、その元素の姿を見失わぬようにしたい。こうして抽象化された熱情が、熱情本来の属性を悉《ことごと》く備えながら、たとえば乾板の上に定着された焰の一瞬の姿のような、もはや身動きならぬ形をとるのが見たい。定着は、いいかえれば表現は、瞬時の出来事であるべきである。何ものもとらえぬ瞬間と凡てをとらえる瞬間とは、同一の瞬間である筈だ。物そのものでもなく固化した標本でもない生（芸術の対象としての）は、こうしてとらえる他はない。

僕が好んで戯曲を――とりわけストリンドベリィやポルト・リシュを――読むのも人間がただ言葉だけでつながっているということの怖ろしさを、あれほど端的に表現する型式はないからである。人間の孤独と、対話の絶望的な不可能とをあれほど直截に感じさせる型式はないからである。言葉による表現という行為もかくて一の戯曲的行為に他ならないとすれば文学は戯曲にその一つの典型を見出だすことができる。偉大な戯曲がそうであるように、偉大な文学も亦、独白に他ならぬ。ゲエテが「諸々の山頂に、安息ぞ在る」というあの詩句をキッケルハーンの頂に書きしるした時、彼は独白者の運命を予覚したのであったろう。

しかしいかに孤独が深くとも、表現の力は自分の作品ひいては自分の存在が何ものかに叶っていると信ずることから生れて来る。自由そのものの使命感である。では僕の使命は何か。僕を強いて死にまで引摺《ひきず》ってゆくものがそれだとしか僕には言えない。そのものに対して僕がつねに無力でありただそれを待つことが出来るだけだとすれば、その待つこと、その心設《こころもう》け自体が僕の使命だと言う外はあるまい。僕の使命は用意することである。

（「書評」昭和22年9月）

反抗と冒険　自画像

私はまだ自画像を描くほどの仕事をしていない。私の画像は、あらまほしき私の画像であって、今の私と比べると他人のように見えるかもしれない。少くとも今の私には、生きたいという欲求が画くことの欲求であり、生きなければならぬという当為が作品の倫理であるにすぎない。生きるために私は反抗をもくろみ、冒険をたくらむ。反抗は拗《す》ねることではなく、冒険は賭けることではない。絶対に偶然を信じえない種類の人間で私はあるらしい。

私の冒険と反抗はパリサイ人《びと》との戦いであるが、生還を期さない特攻隊精神はふりまわさない。私は生きたいのだから。時代の捨石と称して美術的完成の努力を忽《ゆるが》せにするセンチメンタリズムも私の性に合わない。永遠という観念を離れては何事も出来ない私だから、敵にもひとまず永遠の属性を与えてやる。ということは私が私のトリビュラ・ボノメを創造することである。一生かかって、私はこの世ならぬ醜怪な巨像を、私の美学ののみで彫《きざ》み上げて、同じのみで壊してやる。すると美神の幻影が同じ空間に出現し、そこを充たすだろう。又私の念願は、私の想像しうる限りの自由人を創造して、此奴を倒すことだ。そこではじめて私は想像を絶した自由人になるであろう。

又——。近代日本文学の特色はジャンルの混淆《こんこう》である。私小説は英文学のエッセイに該当し、韻律が日本語にないために、詩が小説のジャンルに流入している。近代的な古典の確立の努力には、ジャンルの正確な吟味が必要である。一つの方法としてこの混淆をもっと意識的な混淆につくり変え、他のジャンルを試金石として意識的に使用する方法がある。私は戯曲や詩のジャンルを、試金石として小説にぶつけてみる試みをも、だんだんにやって行きたいと思う。

（「群像」昭和24年4月）

堂々めぐりの放浪

子供の時分は万事空想的な子供で、両親に将来を心配させていたが、少し本を読むようになってからも、おとぎ話の延長のつもりで、ワイルドや潤一郎を読んでいた。

大体おとぎ話は子供むきの無邪気なものと思われているが、そこには人間悪、残酷、復讐、恐怖、愛と死の関わり合い、などあらゆるものが盛られていて、感受性のつよい子供は、そういうものばかりを読みとるらしい。他方、私は、猛獣狩の本や、伝奇的な荒唐無稽な冒険小説のとりこになっていた。思うに、今後も私の書く小説は、アラビアン・ナイトとマレー半島の猛獣狩小説との甚大な影響をぬけ出すことはできないらしい。

子供のころ、そういう本を読んで、大きくなったら、そういう作中人物の様な生活をしたいと考えていたけれど、皮肉なことに、大きくなった私は、そういう生活をするわけにはゆかず、ただ子供のころあこがれていたような本の作者になっただけであった。子供はこの二つを混同しているが、実は夜と昼ほどの相違がある。

少年時代になると戦争がはじまり世間は国粋主義に傾いていた。感受性のまだ固まらない時期に左翼思想の洗礼を受ける機会が全くなかったことが、我々のジェネレーションの特色とされているが、当時保田与重郎氏らによって唱道されていた日本浪曼派運動のほうの影響は可成《かなり》うけている。これは昭和十九年に発行された処女短篇集「花ざかりの森」に鮮明にあらわれている。この影響の一得は、日本の古典に親しんだことで、とにかく古典を読んだことは為になった。損をしたことは、少年期の感受性におぼれることを是認させるような口実を得たことで、日本浪曼派には、明治時代の浪漫主義とちがったひ弱な、薄命なものがあったことは争えない。それだけに一時代の正直で敏感な反映であって、当時の青少年に影響を与えるだけのことがあったのである。

大学時代に森鷗外を読んだのが、私の衛生学になった。私は自分の悪しきものを否定する契機を得た。それまで私はついぞ鷗外に親しめないでいたのである。戦後しばらく、一方では鷗外にあこがれながら、一方では今までの感覚的なものへの耽溺《たんでき》からぬけ切れない時期がつづいた。私は年齢と共に可成自分の感受性を整理してきたと思っているが

「禁色《きんじき》」二部作は、その総決算の意味で、もっとも感性的な主題を「手を濡らさずに水のなかからとりだして」みようと試みた試作である。「禁色」以後、私は何とか真の明澄さに達したいと心掛けるが、その成否は何分明らかではない。

私は一部から耽美派作家のようにいわれているが、小説というものは、無際限かつ無道徳な人間的関心の上に成立つものであるから、そのためにも、その唯一の倫理的基準が「美しく正確にものをいう」というところにあるべきだと思われる。もちろん散文の美しさは、美しさが身を隠すところに生ずべきものである。そういう意味の美しさの探究から、私はギリシャにあこがれるにいたった。

せまい紙面で、委曲を尽すことは容易ではないが、古代ギリシャでは、美と倫理とは一つものであった。無道徳な人間的関心（それはつまり美的関心であるが）が、そのまま倫理的とされたのである。これを逆からいうと、古代ギリシャでは、およそ人間に関する凡《あら》ゆる問題が、肯定され、それゆえに美的であり、倫理的であった。

（「毎日新聞」昭和28年8月22日）

学生の分際で小説を書いたの記

本誌の注文は「学生の分際で小説を書くの記」というのであったが、私は特に「小説を書いたの記」と過去形に直してもらって、自分一個の問題に限定することにした。というのは、本誌は、学生小説を募集しており、はじめのような題では、応募者の学生諸君に、無用の刺戟を与えることになる、という私の深謀遠慮からであった。

私が大学に進んだのは、昭和十九年（一九四四年）の秋であった。終戦の前年である。大学の卒業が、卒業の月は変則で十一月であったが、昭和廿二年（一九四七年）である。

私は中学時代から小説を書いていて、学校の雑誌や、学校の先生の関係しておられる国文学の同人冊子などに小説を発表していた。昭和十九年の十月には、その同人諸氏の口添えで、それまでの短篇を集めた「花ざかりの森」という処女小説集が、七丈書院という書店から出た。

しかしそこまでは割愛して、大学へ入ってからの話をする。

私の大学生活は、敗戦前後のすったもんだの時期で、小説を書くほかには、心を奪われる享楽というようなものは何もなかった。今の学生諸君にはその点で同情する。私がたのしかるべき学生時代を、小説を書いてばかり過していたと云っても、それは別に私の強さとか意志の力とかによるのではない。

私は法科大学へ試験をうけて入ったのではなかった。その年に限り内申制度によって、各高等学校の推薦で入ったのである。そこで私は今まで受けた資格試験と云っては、小学校へ入ったときのメンタルテストを別にすれば、高等文官試験だけしか知らないのである。

法科大学は、はじめ決して私の志望ではなく、父の意嚮《いこう》によるものであったが、入ってみると法律学の講義は、さほど聴きづらいものではなかった。第一法律学は知的虚栄心に愬《うった》える、原理的な学問でもあり、実際的な学問でもある。こういう原理と実際をかけわたす橋のようなものは、実は私が文学に耽溺していて最も見失っていたものであり、又それだけに新鮮なものであった。法律学を深く勉強するには、小説に打込みすぎていたが、それでも、法律の講義を文学的に聴くこともできるという邪道の発見までは行ったつもりである。私は刑法、刑事訴訟法、民事訴訟法、などの講義を好んだ。それまで浪曼派（青年のもっとも悪しき病気）にかぶれていた私は、はじめて無味乾燥というもののの魅力を知ったのである。鷗外を好きになりだしたのもこのころからである。しかし嗜好の変化が、自分の作風の変化にまで行くには時間がかかるもので、それから数年かかった。従って学生時代の私の作品は、概ね浪曼派の残滓《ざんし》である。

終戦まで、私は一種の末世思想のうちに、反現実的な豪奢と華麗をくりひろげようというエリット意識に酔っていた。そこで私は、たびたびの空襲に退避を余儀なくされる中島飛行機小泉工場の事務室で、公然と原稿用紙をひろげて、小説「中世」を書いていた。大学の勤労動員先のその工場では、私は病弱を口実に事務のほうへ廻されていたので、そういう芸当ができたのである。

終戦後、大学の講義が再開され、学生々活が軌道に乗り出すと、空襲や勤労動員という邪魔者がなくなったので、私はきっちり生活を二分するようになった。つまり朝から大学へ出て講義をきき、退校後まっすぐに家へかえって、復習もせずに、すぐ小説を書きだすのである。こんな僧院風な生活は、ろくな喫茶店もなく、あっても箆棒《べらぼう》に高かった一時期のおかげで、できたようなものだ。

私は運動もしなかったし、永いあいだの習慣で、こういう生活は、空襲前の生活に戻ったのと同じであった。煙草は喫《の》んだがまだ酒はおぼえず、ダンスも知らなかった。ダンスを習いはじめたのは大学二年のころからで、一時は週末毎のダンス・パーティーを無上のたのしみにしたが、それも要するに心のごまかしのたのしみであって、小説を書いていれば、いちばん自分をいつわらないですんだ。そのへんの事情は、「仮面の告白」という小説に書いてある。

小説の発表意欲は勿論烈しかった。幸いにも川端康成氏の推薦で、「人間」に小説が載りだしたが、これらのことは全く私の僥倖《ぎょうこう》による。

このころの生活に、もっともなつかしいのは、「人間」編輯長の木村徳三氏のことである。私は懇意な出版社としては、川端氏が重役をしておられる鎌倉文庫しかなかったから、学校のかえりに、時々用もないのに鎌倉文庫を訪れるようになった。

当時、学生服の新調はむつかしかった。終戦までは、応召して行った先輩の制服を借りて着ていたが、終戦後は学習院の制服を改造した窮屈な変な恰好の学生服を着、それで卒業まで押しとおした。私は大学時代の制服のおしゃれというものを知らない。

私はその妙な制服で、しばしば鎌倉文庫の待合室に坐った。文庫の事務室ははじめ白木屋百貨店の三階にあった。そこで私は、中華民国人の美しい閨秀作家の卵をつれて来て大声でその人の作品を社員に推挙している追放中の菊池寛氏の姿などを見た。

はじめのうちはどこの雑誌でも、たのまれて書いた原稿が、なかなか出ないので、私は閉口した。つまり新人は〆切よりずっと前に書いてしまうので、編輯部はそれをいずれは載せるつもりでいるが、その月にはピンチ・ヒッターに使うつもりでいる。大家の原稿がとうとう間に合わない場合は使おうと思っているうちに、大家の原稿もギリギリのところで毎月何とか間に合うので、新人の原稿は一ト月のばし二タ月のばしになるのである。そこで私は不安になって、用もないのに出版社を訪ねてまわるというわけである。

私は木村徳三氏が実に小説好きで、小説のおそるべき美食家でもあり、見巧者《みごうしゃ》でもあることに敬服した。「夜の仕度」という小説なども、第一稿を木村氏が読んで、「何だか力がない」と言うので、書き直したものである。書き直しているうちに、木村氏の判断がいかにも正鵠を射ていることを思わずにはいられなかった。昭和二十二年の暮に出た「人間別冊」のために、その初夏、木村氏から百枚の原稿を依頼されたときは、私も張り切って「春子」という百数枚の小説を書いたが、一旦木村氏に下読みをしてもらって、文庫の応接間で、木村氏が冗長だと思うところを言ってもらった。私は氏の判断を信頼していたから、目の前で赤鉛筆で次々と削り、忽ち二十枚ほど削ってしまった。その結果、第二稿の八十枚の「春子」が出来上ったが、もちろんそれは第一稿よりはるかに引締って、主題が明確になっていた。

学生時代にこういうよき文学上の助言者を持ちえたことは私の幸運であった。小説家の育ての親は、結局犀利《さいり》でよく味到ししかも愛情のあるそういう最高の読者、よき批評家というよりよき鑑賞家なのである。日本にはこの種の人がまことに少ない。批評家に向って、「もっと思いやりのある、もっと育ててくれる批評を」と要望する人があるが、それはとんだ御門違《おかどちが》いだと私は考える。好い意味でも悪い意味でも、批評家にとって作品というものは好餌なのである。獅子にむかって、まずい兎の肉を、うまいと云ってくれと哀願する人はどうかしている。これに反して鑑賞家は、小説のほかに喰べるものを持っている。だから決して小説を喰べてしまいはしないのである。

学生時代、私はいわゆる文学仲間というものを持たなかった。半ばは自尊心から、持とうとしなかった。

私の考えでは、未熟な青年期の友情というものは、お互いに確乎たる考えに立った成人の友情に比べて、はるかにあやしげな、安定性のないものに思われる。それは恋愛と同じく、お互いの間の誤解や、お互いの人間及び人生に対する共通の誤解にもとづく部分が多く、青春の劇なるものは、本当はたった一人で演ぜらるべきもので、大ぜいでわいわい演じてはヴォードヴィルに終ってしまうではないか。

「学生の分際で小説を書いて」いたとき、恐らく今、学生の分際で小説を書いている多くの人と同じように私も青春の性急な焦慮から、自分の幸福は小説を書く事にしかないと思いつめていた嫌いがあった。

あとで考えてみると、学生時代をすぎてしまえば二度と味わうことのできない快楽を、自ら捨ててきた愚かさに思いいたる。大体学生服というものがその象徴であって、一旦大学を出てしまえば、あれを着て歩いている人間は浪人か気ちがいしかなく、卒業のあくる日から、時の中へ葬り去られてしまう服なのである。

学生という非常に単純な、劃一的な概念を心にうかべて、私は自分がその学生らしかったかどうかということについて、忸怩《じくじ》たる思いがある。快活さも、無頓着さも、無謀も、はてしれぬ感激も、私にはなかった。むしろ今になって、私はそれらのもっている価値に気づいて、自分の内にそれらを取込みたいと、悪あがきをしているほどである。だから、「小説を書く学生」というものについて、私には自分の似顔をそこに見るような耐えがたい嫌悪がある。私は、小説を書く学生というものをどうしても愛することができない。

もっとも今の学生々活には、経済的な困難がからまり、野放図な快活さなどというものはどこにもないかもしれない。絵空事のような青春はおそらくどこにもあるまい。

しかし一所けんめい小説を書いている学生を見ると、私はその肩を叩いて、こう言ってやりたくなる。

「小説もいいがたまには戸外の日光を浴びたまえ。日光は無代《ただ》だし、何も君に原稿用紙よりずっと高価なスポーツ用具を買えというのじゃない。この文の冒頭で、私は私のころとちがって種々の享楽の誘惑に妨げられる怖れのある君たちに同情する、と言ったが、あれはただの反語だ。日光の下へ走り出したまえ。草の上に寝ころびたまえ。一旦学生でなくなると、そのあくる日から、社会が君と太陽とのあいだに立ちふさがるのだぞ。君は日あたりのわるい石造の銀行の中で暮すか、ビルの事務室の中ですごすか、たとえ小説家になったにせよ、深夜の書斎に埋もれて、太陽が昇りつめて傾きかけたころに目をさますか、とにかくそういう一生を過さなければならないんだぜ。太陽を思うさま青春の身に浴びることに比べれば、そもそも小説を書くなんてことは、一体何だ」

又、スポーツに熱中して、活字なんか目にふれたことのない学生にも、公平に、こう言おう。「君は賢明だ。しかし生活の五分の一でいい。その五分の一を知的関心に向けたまえ。そうすれば、君は逆に、ボールを投げたり、戸外で飛んだり、跳ねたり、している君の生活の真の意味が、真の快楽がわかってくるだろう。君の骨格にふさわしい立派な知的骨格をもちたまえ。スポーツマン特有の馬鹿々々しいセンチメンタリズムから脱却したまえ。たまには下手でも、小説の一つも書きたまえ」

ともあれ、こんな忠告をする私自身には、青春の意味をすでに知ってしまった者の悲哀がある。

ファウストはこう言っている。

「人間は知らないことが役にたつもので、知っていることは用にも立たない」

（「文芸」昭和29年11月）

空白の役割

満三十歳になった私は、もう自分を壮年だと思いたがり、青年期は終ったと思い込んでいる。二十代を青年と呼ぶのは社会通念にすぎないが、人間の成長などと偉そうに云っても、できるかぎり自分を通念に似せようとしているだけのことなのか？　いつか中村光夫氏が、私にむかってこう言った。「三十を越えるとね、もう俺は若くないと思うもんだよ。しかし四十に近づくとね、俺はまだ若いと思うもんだよ」

少年のころは、私は青年というと、ばかにえらいものに思っていた。勇敢で、力に充ち、頭を昂然と上げ、明朗闊達で、不正に屈せず、時には自分の信ずるもののために身を挺して死んでしまう。又別の青年像もあった。憂鬱で、深刻で、世界苦を一人で引受け、誠実に生きとおし、急に自殺してしまう。こんな映像は、きっと三文映画や三文小説から培われたものだろうが、私は後者のようにはなりたくないと思い、前者のようには、なりたくてもなれまいと思った。

　さて、一定の年齢に達して、私も通念における青年になった。私も人並に自殺を考えたが、私は自分を一向に青年らしいと考えることはできなかったから、私の自殺は想像するだに滑稽だろうと思われた。もちろん臆病から私は自殺をすることができなかった。しかしこの醜悪な滑稽さを、いつまでも持て余しているのはいやだったから、自殺する代りに小説を書いた。

　すべての青年の文学は自殺と同じことだ、と今の私には言える。しかし当時の私は、自分の自殺が少しも青年的ではない、と考えたから、小説を書いたのだろうと思う。従って今でも私には、自殺を青年の特権のように意識した作品に対する嫌悪がある。何か、そういう作品の作者の、青年たることの意識が、文学の本質を歪めていると感じるからである。今の私が、すべての青年の文学は自殺と同じことだ、というのは、結果論として言っているにすぎない。

　文学とは、青年らしくない卑怯な仕業だ、という意識が、いつも私の心の片隅にあった。本当の青年だったら、矛盾と不正に誠実に激昂して、殺されるか、自殺するか、すべきなのだ。

こういう私の固定観念を培ったのは、おそらく浪曼主義であろうと思う。しかし私は浪曼主義からは、様式上の影響しか受けなかった。私には、悲劇的な勇敢さや、挫折をものともせぬ突進の意欲や、幻滅をおそれぬ情熱や、時代と共に生き時代と共に死のうとする心意気や、そういうものがまるきり欠けていることを告白する。

青年だけがおのれの個性の劇を誠実に演じることができる、と私は考えているが、私が一つだけ自分に対して驚いていることは、私もいつのまにか私なりの個性の劇を演じていた、ということである。それが何よりの証拠に、今日の私は、文学にとっては、個性の劇を演ずることなどは、究極の問題ではない、と考えることに傾いているのである。

今かえりみると、私も一人の青年の役割を果していたことにおどろくのだが、青年期が空白な役割にすぎぬという思いは、私から去らない。芸術家にとって本当に重要な時期は、少年期、それよりもさらに、幼年期であろう。

よく世間では、青年を芥子《からし》かなんぞの調味料のように考えて、青年の反抗と反逆の精神が、堆積して腐った古い因襲や、古い社会秩序を破壊せぬまでも、そんなものを何とか更新して、口に合うものにする芥子のようなものだと思いたがる。私も、反抗や反逆の身振りを、いつのまにか装おうとしている自分におどろいたが、私は本質的に反抗的あるいは反逆的人間だとは思われない。いつか私は、そういう自分をジャスティファイするために、自ら規定して、古典主義者と名乗るようになっていた。

青年でありながら、私にはいつも憎新癖があった。調和をそこなうものに対する憎悪があった。芸術作品というものは、いかに破壊的な主題を蔵していても、作品それ自体には調和が行き亘っていなければならないという考えは、私にとっては生得のもので、私自身の内部に調和が人一倍得にくいことから、この考えは私の中でますます鞏固《きょうこ》になった。

私は芸術家の青年時代の生活倫理について、いろいろと思いをめぐらした。反抗や反逆は彼にとっていかにあるべきか？　おそらく知的な青年は、たとえ身振りだけにもせよ、反抗的反逆的になるものである。しかし芸術家は政治家ではない。理想と呼ばれる知的一傾向のために、おのれの感性の要求を無視したり、おろそかにしたりしてはならないのだ。自分が美しいと思うものは、知的な反撥に出会っても、美しいと思わなければならぬ。事を文学に限っても、自分と立場を異にする古い作品の美も、容赦なく私の感性に愬《うった》えた。私がただ単に反抗的でありえなかったのは当然である。

青年の自己形成の過程において、放任された感性それ自体の自律的傾向、奇妙な言い方ではあるが、感性そのものにそなわる知的統制の傾向ともいうべきものに、私はそこばくの自信を抱いている。私は青年期にごく自然に現れる知的欲求は、均衡を保とうとする生命の本能から生まれて、過剰な感性そのものの裡に、一種の抗毒素のように発生するものだと思うのである。

そしていつか知性の要求がそのまま感性の要求であり、感性の要求がそのまま知性の要求であるような、自由な段階に達したときに、本当の芸術作品が生まれるのであろう。

*

さて私は、与えられた課題を外れて、あまり自分の青年期に深入りしすぎた。

私はあんな風に、すべて青年的なものを否定して生きてきたが、どんなに否定しても、否定されつくさずに残るものが、やはり青年であったので、今では逆に自分の青年期に信頼を抱くにいたったのだが、こういう否定的契機そのものを、青年的なものと呼ぶには、私にとってまだ一歩の躊躇がある。オスカア・ワイルドの顰《ひそ》みに倣って、肉体の若さと精神の若さとが、或る種の植物の花と葉のように、決して同時にあらわれないものだと考える私は、青年における精神を、形成過程に在るものとして以外は、高く評価しないのである。肉体が衰えなくては、本当の精神は生まれて来ないのだ。私がもっぱら「知的青春」なるものにうつつを抜かしている青年に抱く嫌悪はここから生じる。青年の反逆を一種の社会的刺戟として利用する考え方に私が反対なのは、前にも述べたとおりである。

青年は自分が思っているとおりのものでは決してありえない。政治家が利用する青年の弱味はいつもこの点なのだ。

私は革命家ではないから、青年の役割について、甘いお世辞や煽動をすることを差控える。そして率直に云って、今日の時代では、青年の役割はすでに死に絶え、青年の世界は廃滅し、しかも古代希臘《ギリシャ》のように、老年の智恵に青年が静かに耳傾けるような時代も、再びやって来ない。孤独が今日の青年の置かれた状況であって、青年の役割はそこにしかない。それに誠実に直面して、そこから何ものかを掘り出して来ること以外にはない。もしまた、青年がむやみと謳歌される時代が来るとすれば、ファシズムの再来だと思ってよいのである。

私は青年というものを考えるたびに、希臘デルフォイの美術館で見た名高い青銅の馭《ぎょ》者《しゃ》像を想起する。

それは繋駕《けいが》競走の勝利者の像である。その四頭立の繋駕はすでに失われているが、青年は見えざる馬を馭して、若々しい頰は緊張し、しっかりと見ひらかれた目は燃えている。

なかんずく私が感動したのはその頭部であるが、当時の紀行に私はこう書いている。

「馭者像の頭部は、その後の大理石彫刻の頭部とちがった独創性をもち、いかなる神にも似ない人間の若者の素朴な青春を表現している。私はこの顔をアポロよりもさらに美しいと思う。そこには神格を匂わすようなものは何一つなく、倨傲《きょごう》の代りに羞《はじ》らいが、好色の代りに純潔が香りを放っている。勝利者の羞らい、輝やくような純潔、こういうものの真実の表現は、何とわれわれの心を奥底からゆすぶることであろう」

青年が本当に青年のままで役立つような時代はすぎ去った。矜《ほこ》りや謙虚や純潔などという青年の美徳も、どうもそのままでは、新入社員の採用に当って、「好青年」の目安になるだけのことであろう。

そのことを知った青年は、当然シニシズムに陥るが、青年特有の誠実さが、こんなシニシズムにまでついてまわって、まわりの人間ばかりか、御当人をすらうるさがらせる。

彼は一日も早く青年でなくなりたいと思うであろう。

だから私にとってはまことに不本意な結論になるのだが、今日の時代では、自分の青春の特権に酔っているような青年は、まるきり空っぽで見どころがなく、青春の特権などを信じない青年だけが、誠実で見どころがあり、且つ青年の役割に忠実だといえるであろう。

そう思う一方、私にはやはり少年期の夢想が残っていて、アメリカ留学の一念にかられて、鱶《ふか》のいる海をハワイへ泳ぎついた単純な青年などよりも、アジヤの風雲に乗じて一ト働きをし、時代に一つの青年の役割を確立するような、そういう豪放な若者の出てくるのを、待望する気持が失せない。

やはり青年のためにだけ在り、青年に本当にふさわしい世界は、行動の世界しかないからである。

（「新潮」昭和30年6月）

#「仮面の告白」ノート

この本は私が今までそこに住んでいた死の領域へ遺そうとする遺書だ。この本を書くことは私にとって裏返しの自殺だ。飛込自殺を映画にとってフィルムを逆にまわすと、猛烈な速度で谷底から崖の上へ自殺者が飛び上って生き返る。この本を書くことによって私が試みたのは、そういう生の回復術である。

＊

告白とはいいながら、この小説のなかで私は「嘘」を放し飼にした。好きなところで、そいつらに草を喰わせる。すると嘘たちは満腹し、「真実」の野菜畑を荒さないようになる。

同じ意味で、肉にまで喰い入った仮面、肉づきの仮面だけが告白をすることができる。告白の本質は「告白は不可能だ」ということだ。

＊

私は無益で精巧な一個の逆説だ。この小説はその生理学的証明である。私は詩人だと自分を考えるが、もしかすると私は詩そのものなのかもしれない。詩そのものは人類の恥部《セックス》に他ならないかもしれないから。

＊

多くの作家が、それぞれ彼自身の「若き日の芸術家の自画像」を書いた。私がこの小説を書こうとしたのは、その反対の欲求からである。この小説では、「書く人」としての私が完全に捨象される。作家は作中に登場しない。しかしここに書かれたような生活は、芸術の支柱がなかったら、またたくひまに崩壊する性質のものである。従ってこの小説の中の凡てが事実にもとづいているとしても、芸術家としての生活が書かれていない以上、すべては完全な仮構であり、存在しえないものである。私は完全な告白のフィクションを創ろうと考えた。「仮面の告白」という題にはそういう意味も含めてある。

（『仮面の告白』月報・昭和24年7月）

「禁色」は廿代の総決算

ぼくは今日まで自費出版というのは一度も知らない。二号しか続かなかった「赤絵」という同人雑誌を学校友だち三人でやっていた時、費用はみんな金持の友だち一人で出した。

文芸雑誌というものにはじめて小説が載ったのは、昭和二十年の五月ごろだったか「文芸」に発表した「エスガイの狩」という短篇だった。著作としてはそれ以前に一つ七丈書院という本屋から「花ざかりの森」（昭和十九年十月）を出した。東京に空襲がはじまりかけていた頃で、詩人の富士正晴さんのお世話で印税まで貰ったが、今思えば悪いみたいな気がする。

その後、昭和二十一年に「人間」に川端康成さんの推薦で「煙草」が載り、これが契機になって文壇に出られた。出版した本は十五、六冊になるが、勿論重複もある。なかで、自分の仕事として後に残りそうなのは、自分の長所も欠点もさらけ出したという点で、「仮面の告白」「愛の渇き」「禁色《きんじき》」の三長篇を自分の本当の仕事と思っている。

「仮面の告白」――は誰にも読まれないかと心配していたのに、案外売れたし評判が良かった。神西清さんや福田恆存さんが非常に賞めてくれたりして、自分の仕事というものにはじめて方向がつかめた。それまでお話を書くということが小説を書くことだというふうに思っていたのが、その時になって、小説を書くことがどんなにおそろしい作業かということがわかり出した。一番人間的な仕事であるということと、同時に一番非人間的な作業であるという、この両面を表裏とするものだと知った。

たまたまそれが告白体だっただけに、客観的な人物の中に自分を傾注して行く試みを次の「愛の渇き」でやったが、主観的になってしまって自分としても満ち足りないでいる。

近代小説の根本命題はドストエフスキーがいっているように、人間を矛盾のままに捉えていかにドラマティックに表現し構成するかにある。ぼくは日本語というものの文脈から言って、古典的に書く表現で行きたいと思っている。戯曲から受けているいろいろな影響、緻密な構成や構成力への配慮など、人間の性格を単純化して表現するということだとか、そういう点ではむしろ古典的な技法を使って書いているわけだ。「禁色」では「仮面の告白」や「愛の渇き」とは違って、自分の中の矛盾や対立物なりの二人の「私」に対話させようとした。

ぼくは戯曲を書いて行く上で近代劇の課題にぶつかるのだが、そういう手法は役に立つと考えている。「禁色」の第二部は来年中に片づけようと思っているが、その手法で押し通せる自信はある。

「禁色」でもってぼくは今の二十代の仕事を総決算しようと思う。青春というものの悪いところもいいところも、いわば少年時代の大人になりたい気持、それと今やまさに少しずつぼくに解りかけている若さの意味とを、その二つのもの相交った上に、ぽつぽつと書いてきた習作時代というか、遍歴時代というか、それの記念として、形にまとめてみたい。

後の見込みとしてはっきりしたものはないが、ドイツの——教養小説——のような行き方の流れをぼくも進みたい。大体日本では、鷗外の「青年」宮本百合子の「道標」などは一つの教養小説のお手本だろう。ぼくが一番影響をうけたのは、中学時代から耽読したオスカー・ワイルドの「サロメ」谷崎潤一郎の作品全部、リルケなどが挙げられるが、堀口大學訳のレイモン・ラディゲの「ドルヂェル伯の舞踏会」は後にも先にもあんなに夢中になったものはない。一つの転機だったのは「仮面の告白」を書いていた頃読み返していた森鷗外のものが非常に好きになり、文章の立派さにはとくに惹かれている。

葉隠を読んでいたら、藤原定家卿が「歌道の極意は身養生だ」といっていた。これは今様になおすと「芸術の極意は生活だ」ということになるが、そういう点でぼくは川端康成さんに教えられている。

この二十五日に外国へ行くことになっているが、ほんの半年でも、自分が外国に行くことで変って了《しま》うなら芸術家としてどうかと思うし、そんなことで変ったりするものかとしゃっちょこばるのもおかしなことだ。あらゆる影響をうけたとして自分は自分だ。ぼくは作品の中で今まで感受性が強すぎた。強すぎるというのは感受性を濫費する傾向のことだろうが……。鷗外の小説には感受性の非常なストイシズムがあるが、今度外国へ行くについて、ぼくは持って行く金は少いがこの感受性は大いに使いへらして来ようと思う。

ゲーテが「エグモント」の中で——ぼくたちがこれから何処へ行くかを誰が知ろうか。何処から来たのかさえ殆どわからない。——と言っている文句は、やっぱりそのままぼくの気持だ。

(「図書新聞」昭和26年12月17日)

「鏡子の家」について

ニヒリズム研究

「鏡子の家」のそもそもの母胎は、一九五四年の夏に書いた「鍵のかかる部屋」だと思われる。この短篇小説はエスキースのようなもので、いずれは展開されて長篇になるべき主題を含んでいたが、その後五年間、ついぞ私は、「鍵のかかる部屋」の系列の作品を書かなかった。「鍵のかかる部屋」は、一方、私の文体破壊の試みでもあったが、あんまり好い気な文体破壊が大手を振って通用する今日、私自身にとって、それはもはや大事な試みとは思われない。

「鏡子の家」は、いわば私の「ニヒリズム研究」だ。ニヒリズムという精神状況は、本質的にエモーショナルなものを含んでいるから、学者の理論的探究よりも、小説家の小説による研究に適している。

登場人物は各自の個性や職業や性的偏向の命ずるままに、それぞれの方向へ向って走り出すが、結局すべての迂路はニヒリズムへ還流し、各人が相補って、最初に清一郎の提出したニヒリズムの見取図を完成にみちびく。それが最初に私の考えたプランである。しかし出来上った作品はそれほど絶望的ではなく、ごく細い一縷の光りが、最後に天窓から射し入ってくる。

（『戦後日記』昭和34年6月29日）

「鏡子の家」そこで私が書いたもの

「金閣寺」で私は「個人」を描いたので、この「鏡子の家」では「時代」を描こうと思った。「鏡子の家」の主人公は、人物ではなくて、一つの時代である。この小説は、いわゆる戦後文学ではなく、「戦後は終った」文学だとも云えるだろう。「戦後は終った」と信じた時代の、感情と心理の典型的な例を書こうとしたのである。又、この小説は、「潮騒」や「金閣寺」のような、地方にのこる古い日本を描いたものでなく、すべての物語が東京と紐育《ニューヨーク》で展開する。四人の青年、一人はサラリーマン、一人はボクサー、一人は俳優、一人は画家の四人の青年が、鏡子という巫女的な女性の媒《なかだ》ちによって、現代の地獄巡りをする。現代の地獄は、都会的でなければならない。おのずからあらゆる挿話が、東京と紐育に集中するのである。私はあらゆるものをこの長篇に投げ込んでしまったので、当分空っぽのまま暮すほかはない。

（『鏡子の家』広告用リーフレット・昭和34年8月）

「鏡子の家」――わたしの好きなわたしの小説

「鏡子の家」は私の書きおろし小説の第四作で、千枚の長篇である。はじめの百枚だけは、乞われて季刊雑誌「聲」に掲載した。たしかプルーストも「失われし時を求めて」の冒頭部分を「NRF」にのせたように記憶している。

〝戦後は終わった〟といわれた時期と、私の二十代の終わりとは、ほぼ時を同じくしていた。そこで私はその時代を背景にして、わが青春のモニュメントを書こうと思った。

一般受けする性質のものではないにせよ、ここには自分のすべてがほうりこまれているはずだ。

小説上の試みも、いろいろやってみた。細部にこりゝ、コントの味わいを出そうとしたことや、スタティックなスタイルで動的な描写を目ざしたことなど。特にボクシングの描写は、その成功例として自信がある。

酸っぱくなりかかった酒の味を味わってもらえたら……というのが作者の気儘な要望だが、時代にとらわれた作品だけに、同時代人としての共感をもつかどうかが評価の分かれ目になるのは、やむをえないだろう。結局これは、青春の幻滅を主題とした物語である。そして私は、小説の終わりで優等生の時代――つまり既成道徳が支配権をもつ時代――がくることを予言した。果たして戦後は終わり、退屈で平凡な日常が戻ってきた。私はこの書きおろしを成功させて、一作で何年か食いつなぎ次作に備えるという、西欧型の文士生活にはいることを夢みていた。そのかけに敗れ、予言のみが当たったのは、何としても皮肉な話である。

（「毎日新聞」昭和42年1月3日）

鍵のかかる部屋

きょう、社会党内閣が瓦解した。内紛でつぶれたのである。二三日前の新聞が、すでに総辞職を予報していた。左派の鈴木予算委員長が、追加予算の財源である鉄道運賃と通信料の値上に反対を唱え、国鉄従組も動員して反対運動を展開し、左右両派の対立のおかげで、追加予算は暗礁に乗り上げた。きのう九日、片山首相はマッカーサーを訪問し、後継内閣について懇談した。

児玉一雄《こだまかずお》は、それを新聞で読んだ。役所での情報は、一事務官の耳には、新聞より早いというわけではなかった。内閣がどうなろうと、子供が泣こうと、官僚機構は頑として存在していた。彼は去年の秋大学を出て、財務省に入った。

財務省は建物を進駐軍にとられているので、四谷の汚い小学校の建物に逼塞していた。一雄の局はもっとひどかった。小学校の本館はまだしもコンクリート建であるのに、銀行局は別棟の木造のバラックに押し込まれていた。一雄のいる国民貯蓄課は階下であった。日はせまい中庭の空から、朝の一時間ほど射《さ》した。

殺風景な机のあいだに貧乏ストーヴがあり、入口の引戸はあけたてするたびに御大層な音を立てた。廊下と来たら真の闇であった。そこを陳情団がうろうろしていた。属官たちは木切をストーヴに押し込んで怠けていた。猥談でなければ新聞の話である。

「政情混沌たるもんですな」

それと同じ見出しが、今朝の新聞に出ていたのだ。

『早く昼休みにならないかな』と一雄は思った。『少し寒くても、晴れた日には散歩をすることだ。あしたは紀元節だな』

一雄は絶対に、何ものにも繫がっていなかった。家庭にいても、役所にいても、たえず無関心を持しているということは楽なことではない。朝、ひどく眠くて、役所の机にむかって何もせずにいると、眠さに抵抗しようとするので、よく勃起した。そういうときは呼ばれて席を立つのに困った。揺れるバスに乗るといつも勃起する。あれと同じなのだろう。彼はポケットに手を入れて、それを軽く慰撫した。別に快感はなかった。

向い合せている机の女事務員が、ペン皿に丸い毛糸の人形を乗せていた。糸屑の固まりかと見紛う小さな黄いろと緑の人形である。暇なときに彼女はよく鉛筆のさきで、それをつっついて机の上にころがしていた。彼女は出勤するとすぐ、十本の鉛筆の先を錐のようにとがらす仕事に熱中した。

毛糸はいい。毛糸の人形はいくら突き刺されても同じ形をしている。一雄は軍事教練で、銃剣術の練習に、剣附鉄砲を何度となくそれに突き刺した藁人形を思い出した。それでも藁人形はときどき壊れた。人形の縛られた杭の根本には、土埃のなかに鮮かな色をした藁の粉がいっぱい落ちていた……。

「児玉君、来たまえ」

と彼の椅子のうしろを通りながら、小柄な課長が言った。

「はあ」

「君も一緒に来たまえ。資金計画の省議だよ」

役所はたえず資金計画をめぐらし、国民貯蓄課はたえず貯蓄を推進していた。それでもインフレーションは来るだろう。破滅的なインフレーションが必ず来るだろう。大内博士はそう予言した。

課長と一雄は廊下をぐるぐるまわった。廊下はほうぼうで継ぎはぎになっていた。便所の前をとおると尿の匂いがした。次官室。一雄は末席に腰かけた。次官は首根っこにフルンケルをこしらえて、大きなガアゼの固まりを絆創膏《ばんそうこう》でとめていた。いつものけぞって安楽椅子に坐るので、首にあたるところの椅子の黴菌《ばいきん》がついたのだろう。

やつれた重たい陰気な顔が大ぜい集まった。局長たちと課長たちである。貧乏ゆすりをしたり、不機嫌に爪を噛んでいるのがある。そうかと思うと、血色のよい頬をして、たえず昂奮しているのもある。いつでも自分の女房を譲りわたしかねないほど寛大な顔もある。

省議は二時間つづいた。一雄はメモに書きとめた。

『次官の要求で、租税は、二月が二百億、三月が二百十億徴収と改められた。そうすれば四月へ繰越し二百億位ですむ。自由預金増一月見込の百九十億は大体合っている。二百億を越したかもしれない。通貨発行高も、あるいは通貨審議会の二千七百億をはるかに下廻るかもしれない。とにかくインフレーションは喰止めなければならない』

インフレーションの破局は必ず訪れるだろう。それでも今日一日、早春の日光が、四谷見附界隈の、駅や土手や電車道路や離宮や掘割の景観を照らしていた。昼休み。一雄はいつも一人で散歩に出た。

四谷見附を出た都電が、濠沿いに赤坂見附のほうへ降りてゆくのを、路傍の鉄柵にもたれて眺めるのが好きである。子供のころ、彼は用がないのでその線に乗ったことがなかった。ときどき自動車の窓から見て、一度でいいからあの線に乗りたいと思った。退屈すると、自動車の座席に逆さになって、足を背窓に乗せて、逆さになったまま、習いおぼえの「沙漠に日は落ちて」を歌ったものだ。おばあさんは、そんな歌をうたってはいけない、と言って怒っていた。……それにしてもあの線はいい。電車は下降する。遠ざかる。濠のあぶない縁を、ぐらぐらと揺れながら通る。あそこの濠には電車が何台沈んでいるだろう。電車は玩具みたいに小さくなる。玩具みたいな小さな濠沿いの煉瓦づくりのトンネルを通る。あれはとどのつまりは、あまり小さくなって、見えなくなってしまうだろう。

一雄は自分が煙草を吸っているのに気づいた。煙草をもちかえて、右手の中指が脂《やに》でほんのり代赭色《たいしゃいろ》に染っているのを見た。外界が彼の指を染めている確実な証拠。外界はいつも彼にむかって同じ形で襲う。習慣という形で。ともすると悪習《ヴァイス》という形で。そいつは、まるで知らない間《ま》に、著実《ちゃくじつ》に犯す。

彼はこのあたりの、緑の多い地帯の、さわやかな冷たい空気を深く吸った。

『俺のまわりには無秩序がある』と一雄は満足して、思った。無秩序は彼の親類みたいなものであったが、決して親類附合をしないで生きることだって出来る。一九四八年二月十日。敗戦後まだ二年半。誰も彼もあくせくして生き、子供のように「悪いこと」に夢中になり、賭博やヒロポンや自殺にむかって傾斜していた。ついこの間も、寿産院事件があり、引きつづいて帝銀事件があった。

どちらの事件にも、彼は別に関係がなかった。当り前のことだ。一雄はそれを新聞で読んだだけだ。しかし舞台上の事件と観客とが絶対に関係がないと言い切れるだろうか。なんとなく、みんなが顔色のわるい顔をして、十分いきいきと、たのしくてたまらないように暮していた。どんな行為にでも弁疏《べんそ》の自由があった。辷《すべ》り台を辷り下りるとき、子供はどんなにうれしそうな顔をするか。辷り下りるということは素晴しいことなのにちがいない。重力の法則、この一般的な法則のなかで人は自由になる。その他の個別的な法則はどこかへ飛んでいってしまう。

無秩序もまた、その人を魅する力において一個の法則である。それと絶縁して、その自由だけをわがものにすることはできないだろうか？

人々は好い気になって、悪い酒を呑んでは抒情的になっていた。メチール・アルコホル入りのウィスキイのおかげで、死んだり盲になったりする人が大ぜいいた。

……腹がすこしごろごろ言っていた。弁当の飯に麦が多すぎるので、腸の中で異常醱酵が起っているらしい。一雄は手袋をはめた。

道路を渡って、赤坂離宮の前の道を歩いた。離宮の庭草は枯れていた。青銅の屋根の色が美しい。威厳があってやさしい色だ。鉄柵は巧みに鋳られた鉄の花環を、早春の青空と雲との空へ捧げ持っている。

彼はそこから引返して、小公園の前の道を役所のほうへかえった。キャッチボールをしている同じ課の青年が、彼のほうへグローヴの手をあげた。一雄は昼休みにあの「鍵のかかる部屋」へ行かないですんだことが、一寸《ちょっと》うれしいような気がした。彼は死人には興味がなかった。

土曜日は雨であった。ひどく寒かった。一雄はその日、組合費を三十円と、省内理髪店の散髪代を五円つかった。あまり仕事がないので、散髪に行って時間をつぶしていたのである。

かえりに映画を見てかえるかもしれないと思って、弁当をもって来ていた。正午に役所がひけた。弁当をたべた。特に見たいと思う映画はなかった。彼は傘立てから傘をとった。

冬の雨は骨にしみた。リウマチスの人はたまらないだろう。彼は靴の中で靴下が濡れているのを感じた。四谷駅へ下りる斜面を雨水が走っていた。駅の前には雨傘が賑わっており、何本かが次々と畳まれた。家へかえる気がしなかったので、引返して、駅前の喫茶店に入った。店内は大そうあたたかい。彼はココアを註文した。

窓ごしに雨のなかをゆききする外套の人々が見え、軍隊外套がまだそのなかにちらほら見えた。みんな他人の顔をしていた。未知の人がどうして世界中にこんなに多いのであろう。一雄は一人ぽっちだった。少くとも一ヶ月このかた……。

彼のまわりにはあけっぴろげの誘惑があった。自殺するのはほんとうに簡単だ。自殺すれば、国民貯蓄課の属官たちはこう言うにちがいない。『前途有為な青年がどうして自殺なんかするのだろう』前途有為というやつは、他人の僭越な判断だ。大体この二つの観念は必ずしも矛盾しない。未来を確信するからこそ自殺する男もいるのだ。朝のラッシュ・アワーの電車に揉まれていて、一雄は誰も叫び出さないのをふしぎに思うことがあった。自分の体さえ思うままにならない。他人の圧力から、自分の腕をどうにか引っこ抜いて、背中の痒いところを掻くことさえできない。誰もこんな状態を、秩序の状態だとは思わないだろう。しかし誰もそれを変改できない。満員電車のなかの、押し黙った多くの顔の底に、ひとつひとつ無秩序が住んでいて、それがお互いに共鳴し、となりの男の無礼な尻の圧力を是認しているのだ。ああいう共鳴は、一度共鳴してしまったら、とても住みよくなるのだ。

戦争で焼け残ったものも、焼跡に建てられたものも、一時凌ぎの仮りの姿をしているように思われた。傾けられた鉄板の上の煎豆のように、煎られながら崩れ落ちようとしていた。繊維統制がまだ解けないので、闇屋たちの天下はつづいていた。闇屋たちは今風呂から出てきたばかりのようなさっぱりした顔をして、喧嘩をしたり、女を愛したり、歌ったりしていた。アメリカの兵士たちはいたるところの街角で口笛を吹いていた。

暗いパセティックな情緒が街の空に懸っていた。火葬場の煙がうっすらと街をおおうような工合に。……腕を組み合う。組み合うときに、男も女も、衝動のためというよりも、この暗い、あいまいな、人間の切口のように新鮮な時代の、一つのしきたりに強いられてそうするように見える。どこかで何か、あらゆるものが符節を合《がっ》している。冬の屋根の上を走る猫の影。よく日の当った硝子戸《ガラスど》が風に鳴っているなかに、昼寝をしているようにみえる催眠剤の自殺者。ジープが衝突してつやっぽい安物陶器の破片が散乱した瀬戸物屋の店先。デモ行進の歌声。戦争で足を片っぽなくした男。麻薬の密売。……或る男と女とが、とある街角で腕をからめ合うことは、そういうすべてのことと関係があるのだ。

一雄はというと……、そうだ、一雄は一人ぽっちだった。外界の無秩序にさからって、内心の無秩序を純粋化して、ほとんどそいつに化身してしまおうとさえ企てていた。一ト月前までは彼の協力者が生きていた。彼の内心の小さな結晶した無秩序は、小さな「鍵のかかる部屋」の中で保たれていたのである。

……学生時代のおわりに、一雄はダンスを習った。一週間で、フォックス・トロットとタンゴを習った。そこで町の踊り場へ出かけて行った。

ダンスの渦の中心部はほとんど動いていない。ダンサーたちは、化粧室で朋輩に会うと、こう言って自慢し合う。「あたし今日は、もう五つも抜いてやったわ」学生たちはズボンの下でサックをはめていて、擦るだけで射精してしまうのだ。……一雄は子供のころ、街を歩いていて、「サロン春」という店へ入りたくて仕方がなかった。みんなは笑って止めた。「あそこは子供の行くところじゃないのよ」「何故」「何故って、子供が入ろうとすると、怖い小父《おじ》さんがいて、つまみ出してしまうのよ」彼は半ズボンを穿かされていた。夜寝床に入ると、「サロン春」の未知の内部を想像した。きっとそこには殺人の部屋だの、拷問の部屋だのがあるにちがいない。地下道があって、鏡を押すと、海岸へ通じる間道がひらけるにちがいない。ひたひたひた。岩壁を舐める波の音が、遠くから小さくきこえる。鏡の部屋で奇術師が、シルクハットの中からとてつもなく大きな兎を引っぱり出す。兎がそばへ寄ってきて、ばあやの声で言う。「お坊ちゃま、お坊ちゃま、助けて下さい。私は兎の毛皮に縫いこめられて、苦しくって死にそうです」……。

一雄は柱によりかかって、ダンスの雑沓を眺めていた。実際粘液的なダンスだった。どいつの背中も汗でつるつるしていた。女は目をつぶり、男は目をあいていた。多くの犬が後肢《うしろあし》で立って踊っているのだ。こういう芸当を仕込むには、はじめ熱した鉄板の上で、熱さのあまり四つ足で歩いていられぬようにして仕込むのだそうだ。中央の密集した渦の中では多くが接吻しながら踊っている。多くの舌が歯のあいだをそろりそろりと出たり入ったりしている。胃の中では、かかるあいだも営々孜々《えいえいしし》として、憐れな晩飯が消化されている。――ダンスの解剖学的考察。

『嫌悪のおかげで、俺はセンチメンタルになっている』と一雄は思った。『人と反対だ』そこの踊り場で、一雄は桐子《きりこ》に会ったのだ。桐子は和服を著《き》ていた。彼女も柱のかげに立って、一人で踊りの群を眺めていた。一目見るなり、一雄は俺の女だと思った。彼女は水白粉のよく乗った眉間に、一条の縦皺を刻んでいた。きっと偏頭痛の持主にちがいない。

あの月並な発端。火のついていない煙草を手にかかげて、女があたりを見まわす。一雄がライタアで火をつけてやる。「お一人?」と女が言う。それから二人で踊った。一雄のダンスはひどく下手だった。女は笑って、途中でやめてしまった。それからテーブルをとって、酒を註文した。

「私クイックが好きだわ」と女が言った。「それもなるたけ速いの、なるたけ騒々しいの」

「そのあいだ何もきこえないからいいんでしょう」

「そうなのよ。よくお分りになるわね」

桐子はちっとも汗をかいていなかった。汗腺がないのだと言っていた。

その晩はそれで別れてしまった。尤も来週の同じ日に又会おうと約束したが。……そうして又来週会った。二三日して又会った。映画を見たり食事をしたりした。はじめて女は自宅の所番地を言った。するとそれは赤坂離宮の横の小公園の裏手に当っており、役所のすぐ近くであった。一雄はあくる日から役所通いをはじめることになっていた。

「丁度いいわ。うちであなたがおつとめになったお祝いをしましょうよ。主人は毎晩一時前には決してかえらないの。子供は九つになる女の子が一人きりだし、子供は早く寝かしてしまえばいいし、何の遠慮もいらないのよ」

約束した日に、一雄は役所がひけると、桐子の家へ行った。

一雄は女が自分の娘の年を隠さないのが気に入った。そういえば桐子は何でも投げやりだった。自動車のなかにハンドバッグを忘れて来たり、風呂場でダイヤの指環をなくしたりするのはこの型の女だ。そのくせ下著だけは決して忘れずに洗いたての清潔なやつを著ているのもこの型の女だ。……桐子はよく煙草を喫み、心臓脚気《かっけ》でどうかすると衝心を起すと告白し、ハンドバッグのなかのこまごまとしたものを憚《はばか》らずに見せた。一雄は女が固い裸をしているのを感じていた。女学校時代にバレエ・ボールの選手だったそうで、足袋の上から女にめずらしくアキレス腱の張っているのが見えた。

今夜はきっとあの女と寝る、という予感はたしかにある。桐子のように、まだ接吻一つしない女の場合でもそうだ。想像力が独立して動き出さず、すべてが一途に腥《なまぐさ》くなる。妙な言い方だが、一雄が、おや今日の俺は一種普遍的な心理に生きている、と感じるのはこういうときだ。ばらばらで雑多な諸価値が、仮りのいつわりの単純さだが、ともかく単純になる。下らないことにはちがいない。実際、期待の状態というやつは彼はあまり好きではない。

一雄は教わったとおりの道を行かずに、小公園を抜けて行った。まだ青い団栗《どんぐり》が落ちていた。夕日のなかで、子供たちが喧嘩をして、何か猥らな悪口を言い合った。GIは一体又どうしてどこにでもいるのだろう。ベンチで一人のGIが女の指を弄んでいた。遠くから、女の指の股の汚れが見えるような気がした。もしかしたら、夕方の影がその指の股をいちばん先に染めていたのだ。

一雄は自分の手にぶらさげている鞄を恥じた。鞄は主張していた、不平がましく。中身は弁当と、わずかなどうでもよい㊙の書類にすぎないのに、いやに厚ぼったく重く、不快な匂いを立てた。こんなものをぶらさげるようになったら、人間もおしまいだ。

桐子の家は焼残った古い中流住宅で、門の横にお定まりの応接間がついていた。呼鈴の釦《ボタン》は、黄いろく変色して、こまかい亀裂があった。強く押したら、ビスケットみたいに粉々になってしまうだろう。

女中が出てくる。肥《ふと》った、まっ白な、毛の薄い、蛆のような女である。この女が無表情に一雄を見た。擲《なぐ》られた、斬られた、などということは大したことだが、一雄はそれとほとんど同じ重みで、『見られた』と思った。こんな風にして人間を見たら、人間はみんな怪物になってしまう。しかし一雄は別に怪物ではない。だから逆にこの女中を怪物だと感じる理由があった。

つづいて九歳の女の子が走り出て来た。孤独で、人なつこくて、見知らぬ人にまで、可愛らしく見せたいために、微笑の歯を見せる子供である。片手でスカートをまくりあげて、そのほうへ体を曲げて、赤い靴下留をその片手の指先でピチッピチッと云わせながら、しきりに一雄を見て笑った。

玄関は暗かった。一雄は尤も、暗い思わせぶりな玄関が好きだ。彼は上った。すでに灯《ひ》をともしている一間の唐紙がすこしあいた。桐子は効果的に、その細い隙間の閾《しきい》に斜めに立って男を出迎えた。部屋のまんなかにはすでに前菜の色とりどりの御馳走が並んでいた。

あれはお祝いの晩餐というようなものではない。今時めったに見られないとっときのスコッチ・ウィスキイなんかがあった。一目でこの家族の悲惨な贅沢が露呈された。一家の主人が一日かえって来ない家。そういう家はほうぼうにある。それが別段不幸の全部ではない。しかしこの家のように、家庭の不幸にまるっきり敬意を払わないで暮しているという法はない。

踊ってごらん、と母親が言った。女中が応接間へ童謡のレコードをかけに行き、扉をあけっぱなしにして、歌がこちらの座敷へもよくきこえるようにした。九歳の房子《ふさこ》は踊りだした。そのあいだ卓の下で、桐子は一雄の指を握っていた。尖った指環が痛かった。踊りは際限もなくつづくような気がした。房子は少しも恥ずかしがらずに踊った。一雄は皿の上の残肴が電灯に照りかがやいているのを見た。桐子の神経はみじめさというものを全然感じないようにできていたから、後年成長した房子も、この晩の踊りを思い出しても、自己嫌悪なんか感じることはないにちがいない。遺伝というやつは怖しい。

踊りがすむと、房子は寝かされた。女中のしげやはウィスキイとつまみものを応接間へ運んだ。手順はきっぱりしていた。しげやはダンス・レコードをかけ、天井の明りを消し、壁際のスタンド・ランプの一対を点した。「もう退《さが》っていいのよ」と桐子が言った。蛆のような女中は、黙ってむっつりした顔を消した。二人は絨毯の上で踊った。桐子がさきに接吻した。一曲がおわると、桐子はドアのところへ行って、鍵穴に刺っている鍵をまわした。

鍵のかかる音、あの輪郭のくっきりした小さな音を、一雄は自分の背後に聴いた。『何て女だ』――彼は別に嘔気《はきけ》もしなかった。レコードを替えるふりをしていた。彼の背後で、そのとき外界が手ぎわよく、遮断された。

まだ宵の口だった。彼の外界は、その鍵の音で、命令され、強圧され、料理されてしまった。途方もなく連続していたもの、たとえば、よく清涼飲料の商標にある、若い女が罎《びん》の口から呑んでいるその罎のレッテルに、また若い女が罎の口から呑んでいる絵があり、その絵の中の罎のレッテルにまた若い女が罎の口から呑んでいる絵のある、(一雄の住んでいる現実はそういう構造をもっていた、)無限につながった現実の連鎖が、小気味よく絶たれてしまった。罎のレッテルの中の罎の、そのレッテルの中の罎の、そのレッテルの中の罎の、最後のレッテルは空白になった。彼は息がつけた。そしてのろのろと上著を脱いだ。

そのとき女のほうが鍵をかけたということはたしかに重要だった。これでなくてはいけない。今まで女を口説くときに、一雄はいろんな観念に悩まされた。たとえば女の洋服のホックが外され、それが遠い銀いろの一つの星のように明滅する。その途端に、ホックはいちどきに、あらゆるものと聯関を持ってしまう。彼が背中に背負っている外界の隅々にまで、ホックの意味が浸透してしまう。あれではいけない。しかし桐子は自分の意志で、勝手に、彼の聯関を絶ち切ったのだ。

新宿行の都電のスパークが、窓の上辺の夜空にひらめいた。まだ虫が啼《な》いていても可笑《おか》しくない季節だが、レコード音楽のおかげできこえなかった。二人は踊りながら、接吻し、接吻しながら、絨毯の上に倒れた。これはなかなか技術の要るダンスだ。桐子は袂から香水の平たい罎を出して、そこらじゅうに撒いた。彼女は決して帯を解かなかった。

一雄はひどく酔っていて、頭ががんがんしていた。桐子に対しては性的な虚栄心というやつを完全に免れている自分が面白かった。まるで自分が白痴の童貞みたいな気がした。白痴でない童貞なら、（一雄自身もおぼえのあることだが、）きっと本に書いてあるとおりに行動したろう、虚栄心のために真蒼《まっさお》になって。

彼は自分を限りなく無力な可愛い玩具と考えることに熱中した。目をつぶって自分を一生けんめいシガレット・ケースだと思おうとすれば、人間は実際或る瞬間には、シガレット・ケースになることだってできる。

他の女と寝るときのように、突然、余剰価値説だの犯罪構成要件《タートベシュタント》だの海上物品運送契約だのを思い出したりはしなかった。

一雄はのびのびと楽をしたまま処刑されているような気がした。酔っているので、鼓動がふだんの十倍も搏《う》った。そのうちに竜巻に襲われた。竜巻は天井の方角から舞い下りて、彼を包んだ。目をあいている必要はなかった。時計の長針と短針が出会うように、女の顔がときどき彼の顔の上に影を落した。顔の匂いがそのときした。世界が遠ざかり、おそろしく遠いところで、大木の梢の小さな蜘蛛の巣のように煌《きら》めいていた。

桐子はまるきり叫ばなかった。叫ばないでいることも、意識的な陶酔の一種と云えよう。絨毯もひっそり黙っていた。……しばらくすると、二人は絨毯のうえに、屍体のように行儀わるく倒れていた。もし窓のそとからこれを眺めた人があったら、窓硝子を破ってとび込んで来て、瓦斯《ガス》栓を閉めようとあせったにちがいない。ところが瓦斯栓は、まだストーヴの時期ではなかったので、しっかりとコルクでふさがれ、締めたネジは万一ゆるみでもせぬように、百貨店の丈夫な紐で十文字に縛ってあった。瓦斯の匂いはどこにもなかった。空気は戸外よりも清浄だった。香水が緩慢な揮発をつづけていた。二人は深呼吸をした。家具の干割《ひわ》れる音がした。

……『あれから俺の定例訪問がはじまった』と一雄はくどくどと思い出した。『定例閣議、定例記者会見、定例同衾、……大臣も俺も同じことだが、俺のほうが回数が多いだけだ。ちぇっ、大臣で思い出した。折角の土曜だっていうのに、貯蓄奨励大会の大臣の祝辞の原稿を作らなくちゃならない。人の書いたものを読んで何が面白いんだろう。本日かくも多数の御参集を得まして、本大会が開催されましたことは、私の深く欣快とするところであります。……

俺は悪習に対してだって節度があるのだ。溺れる、という言葉は何と愚劣な表現だろう。悪習は一種の機械だ。これを取扱うには非人間的でなくてはならない。溺れる人間は、単に機械を人間的に取扱ったという、方法上の過誤を犯したにすぎない。

一ト月前に、女が俺の胸の上で、突然、衝心を起した。桐子は少し吐いた。そして手巾《ハンカチ》で口を押えながらこう言った。

「早くかえって頂戴。あたしに構わずに。……医者《せんせい》が来るから……医者をすぐ呼ぶから……医者にあなたを見られたくないの」

俺が鍵をあけると、女中が傲然と入って来た。女中がちっともあわてていないので、医者がすぐ来るという返事をきいてから、俺はかえった。その晩のあけ方に桐子は死んだ』

……………………。

一雄は呑み干したココアの茶碗を置いた。雨は小降りになぞなっていなかった。駅へ下りてゆく人影は少くなった。土曜日の午後がはじまっていた。『土曜日は人魚だ』と一雄は思った。『半ドンの正午のところをまんなかに、上半身は人間で、下半身は魚だ。俺も魚の部分で、思いきり泳いでいけないという法はないわけだな』

彼は「鍵のかかる部屋」へ行くかもしれない。桐子は死んだが、何かがまだあそこに生きているだろう。一体どんな理由で、桐子の死が少しも悲しくなかったのか、彼にはわからない。死の翌日も彼は定刻に出勤した。何通とない無意味な㊙の書類が、彼の机に流れて来て、彼はそれを課長の机へもって行った。陳情団の一人が、こっそり一ポンドのバターを呉れた。バターは白くて、ひどく無気力な色をしていた。

一度夢の中で、胸の上の桐子の真蒼な顔があらわれた。怖しかったが、俺はちっとも怖がってやしない、と夢の中で思った。感情の沙漠。しかし、沙漠という言葉の、感傷的でトリヴィアルな響きはきらいだった。少しも悲しくない、という感情を、一種の偶像扱いにしたりする必要はまるきりないのだ。

晴れて大そう寒い一月の日々がつづいた。ダンス・パーティーへ行って、自分の容貌にひどく自信のない女の子と懇意になった。彼女はうるさいほど度々鏡を見た。何かの奇蹟で自分の知らない間《ま》に美人に変貌しているかもしれないと思って、一雄は醜い女もきらいではなかった。本当に男を尊敬できるのは、劣等感を持った女だけだ。どこの会合へも顔を出す宮様が来ていた。きっと有名になりたいのだろう。一雄はその晩、友達から借りていた「マドモワゼル・ド・モーパン」の飜訳を読んだ。退屈な小説。

……彼は喫茶店を出、傘をひろげた。濡れた雨傘は、それぞれの襞が貼りついていたので、裂けるような音を立ててひらいた。彼の靴下はまだ靴の中で濡れていた。嫌悪というのはこういう感覚だ。……彼は交叉点を横切った。自動車の群がワイパアをうごかしながら停っていた。すこしいそぎ足になって渡ると、車道の水たまりが足もとにはねかえり、彼は自分をとてつもなく不幸だと感じた。

桐子の家へゆく道は、焼跡の一劃をとおる。建築用材が雨に濡れて鮮かな色を放っている。寒い。もしかすると雪になるだろう。

一雄はかじかんだ手袋の指先で、死んだ東畑《とうはた》桐子の家の呼鈴の釦を押した。家の中で呼鈴の音が反響していた。暗いがらんどうな家の中で。

ドアがあいた。房子があらわれた。ドアの把手《とって》は彼女の胸のところにあった。房子は把手を胸に押し当てて、一雄を見上げて笑った。

「しばらくね」

「みんなお留守かい」

「お母ちゃまは死んだし、お父ちゃまはいつもお留守、しげやはお買物に行ったの」

「君は今日は学校はないの？」

「あら、ばかねえ。今日は土曜じゃないの。学校はお昼でおしまいよ」

一雄がかえろうとすると、房子は彼のズボンを引張った。首を少しかしげて、彼を見上げて笑った。踊りの振で媚《こび》の仕種を習ったのにちがいない。別にその媚が母親を思い出させたというのではない。一雄は九歳の少女の手を、ズボンから離させて、自分の手に握った。小さな手は男の掌の中で息をひそめていた。

一雄は家へ上った。房子が先に立って、応接間の扉をあけ放ち、雨の昼は暗かったので灯を点じた。それから炉棚の下の瓦斯ストーヴに火をつけた。湿った冷え冷えとした香の匂いがした。香水の匂いはとっくに消えていた。炉棚の上に、黒いリボンを結んだ桐子の写真があり、その前に線香を立てる香炉があった。

「さあ、お母ちゃまに、こんにちは、をして下さい」

と房子が言った。一雄は線香に火をつけた。香炉の灰には、線香の燃え滓《かす》がいっぱい刺っていて、新たな線香を立てにくい。その灰は骨《こつ》のように固い。一雄の立てようとした最初の一本はもろく折れた。折れ口は濃い緑だった。折れるために作られたような、この誇張された繊細さ。桐子の写真は、笑ってはいなかったが、まじめな顔つきではなかった。こういう表情が何を意味していたか、おそらく亭主は知らないだろう。やっと、一本がすこし斜めに樹《た》てられた。火はつくと同時に、白い灰に包まれて、橙色《だいだいいろ》になった。死の匂いがひろがった。

そのとき一雄はぞっとした。背後であれと同じ音がしたのである。鍵のかかる音、あの輪郭のくっきりした小さな音がしたのである。

彼はふりむくのが怖かった。やっとふりむいた。鍵をかけた手をうしろにまわして、房子が笑っていた。

「どうして鍵なんかかけるんだい」

「だっていつもお母ちゃまが鍵をかけたでしょう。房子、一度も中へ入れてもらえなかったんだもの。そいだもんで、房子、一雄おじちゃまの居るときに、自分で中から鍵をかけてみたいと思ってたんだもん」

一雄は疲れ果てて長椅子に腰を下ろした。房子はその膝の上へ乗って来た。……

一雄は今朝、出勤すると匆々《そうそう》、課長が大きな声で課員全部にきこえるように話していた夢の話を思い出した。

「……何と俺が帝銀事件の犯人になっているという夢なんだよ。何と俺がね」

属官たちは、人の夢の話なんか少しも面白くないという顔をして、いかにも面白そうな笑い声を立てていた。洒落にもなりはしない、と思っている一雄は笑わなかった。小市民的な善良な顔が、夢の中で犯罪者の顔を願望し、それを模倣する。こういう夢が公平に分配されるおかげで、社会生活はやや均衡を保っている。そういえば、一雄も昨夜、夢を見た。その夢には題がついている。題は「誓約の酒場」というのである。

誓約の酒場、というやつが開設された。それは都市のほうぼうにあり、いずれも午前一時にひらく。一雄は町を歩いていた。まだ午前一時になっていなかった。

一雄はそれがどんな酒場か知らなかった。何のために開かれ、何のためにそういう名がついているのか知らなかった。とにかく彼はそこへ行く必要があるらしかった。彼は会員なのだ。

誓約の酒場は政令によって開設されたのだそうである。政府がいよいよ無秩序に手を貸すようになった奇怪な兆である。場所もわからない。彼は「最寄の」酒場へ行くように指令をうけている。道筋をきかねばならない。

町に戸をしめる音がひびいて、商店が店じまいをはじめていた。あかりが戸の隙間から車道へ長く延びている。

「『誓約の酒場』はどこですか」

と一雄がたずねた。店の主人の顔は、光りに背を向けているので真暗だった。

「政府のお役人の方ですね」

と一雄の顔を窺うようにして言った。

「そうです」

主人は道筋を教えると、戸を閉ざしおわって隠れた。一雄は歩き出した。そこは町外れで、そこから先は街灯ひとつない住宅街である。酒場なんかありそうもないところだ。

道は屈折している。冷い夜風が道の上に吹き迷っている。かなり広い道だが、道に敷かれた砂利の白さがようやく目じるしになるだけである。周囲には深い木立や長い石塀がある。灯火はどこにもなく、犬が遠吠えをしている。

一つの角を曲ると、暗い道の中央に外人が立っていた。立っていたとみえたのは、歩いていたのである。それも前へ進んで歩くのではなく、ゆるゆると足をうしろへ運んで、後退しているのだ。外人は一雄に注意を払わなかった。一雄はそのそばを通って急いだ。

道がTの字になっているところがあった。そこまで来ると、Tの字の柄に当る道はひときわ暗く、その暗い物蔭にあわてて人が身をひそめる気配がした。今までの道が、その道と交叉するところに、石塀の半ば壊れた焼跡のような家があった。石塀の壊れた部分が出入口のようになっていた。きっと「誓約の酒場」はここなのだ。

彼は中へ入った。暗く深閑とした中に、もと勝手口でもあるらしい、コンクリートにかこまれたせまい一劃があった。頭上は曇った夜空だった。とっさきの低いコンクリートの欄《てすり》のむこうが、川か荒れた草地になっているらしかった。

ここはたしかに「誓約の酒場」であった。空罎が、汚れたコンクリートの床に散乱していた。中央に、一つの酒罎が、踏みつぶされたような形に壊れ、酒が黒い血のように流れ出ていた。一雄は匂いをかいでみたが、何の酒かわからなかった。

一雄はしばらく立っていた。ひどく寒い。そうして誰もやって来る気配がない。

彼は諦めて、また石塀の壊れた部分から外へ出た。T字の柄のほうの一そう暗い道で、再びあわてて身をひそめる人影が見えた。一雄はもとの道を歩いた。例の外人が同じごくゆっくりした速度で後退《あとずさ》りをしていた。そして同じように、一雄に何の注意も払わなかった。……

——夢はそこでさめた。しかし今まではっきりおぼえているのは奇態である。

……房子は彼の膝の上に乗っていた。子供のこういう小さい体には、肉体という観念的なものよりも、もっとよく纏《まと》まった肉の実感がある。女を抱くとき、われわれは大抵、顔か乳房か局部か太腿かをバラバラに抱いているのだ。それを総括する「肉体」という観念の下に。ところが九歳の女の児はちがう。こいつは端的な肉だ、と一雄は思った。

彼の皮膚はズボンの生地をとおして、肉の温度と重みを正確にはかった。

房子ははしゃいでいた。男の膝に馬乗りになり、男の両肩へ手をさしのべ、男の目を憚らずにじっと見た。

「おじちゃまの目に房子が映ってる。房子の目にもおじちゃまが映ってる？」

映っている、と一雄は答えた。房子は執念ぶかく睨《にら》めっこをつづけた。脣《くちびる》の両端をこころもち上げ、たった接吻されただけなのにここが人生の大事だと思い込んでいる女のような表情をしていた。犬だって女のような表情をうかべることがある。むかし一雄が飼っていたジョリイはよくこんな顔をしたものだ。

房子が急に顔を近づけた。小さな声で、

「ねえキッスごっこしようよ」

と言った。一雄は避けるひまがなかった。小さな乾いた、すぼめた脣が飛んで来た。彼は接吻したあとでそれを避けた。それから大へん困惑した。勃起していたのだ。膝の上から房子を下ろそうとすると、むちゃくちゃに暴れた。ともかく下ろして、行儀よく長椅子に坐らせた。房子は足をかわるがわる跳ね上げて怒っていた。

ドアがノックされた。しげやの声がした。

「もしもし、お嬢さま、応接間ですか?」

房子は電話の口調をまねた。

「もしもし、しげやですか? 私、房子。今応接間でお客様の最中なのよ」

「もしもし、トントントントン、お客様はどなたですか?」

「児玉一雄さんです。お茶とお菓子をもってきて頂戴」

「はいはい」

足音が遠ざかった。声だけきくと、しげやは決して怪物的ではなかった。むしろなめかしいくらいだ。房子はレコードをかけに行った。桐子とよく踊ったレコードをかけてもらいたくなかったので、一雄は立って行って干渉した。桐子が一度もかけようとしなかった一枚をかけさせた。

その音楽が響いてきた。歌がはじまった。いかにもそれは、この部屋での桐子の思い出には関わりがなかった。しかしあのダンス・ホールで、この曲がはじまったとき、桐子は眉をひそめた。

「いやあね。この曲、私大きらい」

それを一雄は思い出した。彼は死人に対して嫉妬を抱いた。桐子はこの曲をきくと別な男の不快な記憶にさいなまれたのにちがいない。もう少し桐子が生きていたら、一雄は苦しめられたかもしれない。

ドアがもう一度ノックされた。房子が無邪気に鍵をあけに飛んで行った。しげやは紅茶茶碗と菓子をのせた盆を捧げて現れた。おそろしく愛想がよかった。

「お嬢様はお一人でおさびしいんです。どうぞちょいちょい遊びに来てあげて下さいませ。土曜だったら、御一緒におひるになさったらどうでしょう、お嬢様」

あくる日の日曜を、一雄はぼんやり暮した。家のちかくの郊外電車の駅まで散歩にゆき、出来心で切符を買って電車に乗り、出来心で好い加減な駅で下りた。その駅には今まで一度も下りたことはなかった。夕方の場末の町の賑わいがはじまり、拡声器が家具屋の広告を尖ったざらざらした女の声で放送していた。彼はその町へ出てゆく気はしなかった。駅のベンチに坐って、入っては出てゆく電車を眺めた。一人のインバネスを著《き》た老人が、彼のすぐそばへ腰かけて、謡《うたい》をうなり出した。『インバネス。謡曲。郊外電車。小っぽけな駅。鉢植の梅。……俺もいつか恩給でこういうものをみんな手に入れるだろう』――しかし老人のその謡はうるさくてたまらなかった。この世には無害な道楽なんて存在しないと考えたほうが賢明だ。俺も今にたっぷり他人に迷惑をかけてたのしむ年齢になるだろう。健全な人間は、みんなそうやって自分の孤独を救済するのだ。……彼は手袋でベンチの羽目板にさわった。ベンチは埃でざらついていた。電車が来た。老人と謡とはその電車と一緒に立去った。夜寝るまで一つのいきいきした観念が一雄の頭についていた。「健全な人間の成れの果て」まだ「成れの果て」まで行かない男が、月曜には役所の会議室で、「インフレ対策」の講演をした。インフレ対策の根本は要するに政治力の問題で、それは国民の自覚に俟つ他ない、というのが結論だった。国民の自覚、という言葉で、誰も吹き出さなかったのはふしぎだった。「国民」とか「自覚」とかの言葉には、場末で売っている平べったいコロッケ、藷《いも》と一緒に古新聞の切れっぱしなんぞの入っている冷いコロッケのような、妙にユーモラスな味わいがある。そんな言葉が手に手をとって現れたのに、笑わないなんてどうかしている。講演者もさぞがっかりしたろう。

机にかえると、一雄は金融白書の下書原稿を書いていた。それの融資準則の項目を書くように命ぜられていた。窓の一部分から見える小さい空は、白い燻《いぶ》し銀《ぎん》に曇っていたが、温かかった。前の机では、女事務員が、鉛筆のさきで、毛糸の人形をころがしていた。毛糸の人形はまるで健在だった。一雄はその女事務員と給仕を食堂へつれて行き、十円のミルクと十円の蜜豆をおごった。

かえりの省線電車のなかで、一人の女の子が一雄に笑いかけた。顔は知らなかったが、笑い顔が気に入った。電車はほどよく混んでいて、一人の子供が、窓から外を見ながら、大きな声でトウキョウ・ブギウギを歌っていた。母親は別にとめなかった。女の子は何か口をききたそうにしていた。質素な微笑。電車が揺れて、女の子の体が一雄にぶつかった。紐の締め方のゆるい柔かい小包のように。「ごめんなさい」——そうしてようやく口をきいた。

「どこへお入りになったの?」

「財務省。——失礼ですが、お名前は?」

「桑原ですの」

「僕、児玉です」

「児玉……カズオさんね」

「どうして知ってるの」

「封筒でいつも拝見していました」

一雄は空想的な恐怖で蒼くなった。彼の身柄はどこかですっかり調べ上げられているのにちがいない。幸い、一雄の下りる駅へ著いた。彼は「えッ!」と言ったまま歩きだした。女の子はにっこりした。

「私、あの、T大の就職係のものですの」

——木曜の昼休みには、退屈な同級学士の集まりがあった。一雄はその話をした。みんなは桑原という女の子を思い出そうと努力した。一人がようやく思い出してこう叫んだ。

「ああ、あの子はN教授が拾ってやったんだよ。実は、N教授の隠し子なんだって。一説にはN教授の妾だとも云うんだ」

それからみんなは、お互いの知的社会的虚栄心を傷つけないような話題をとりあげた。金が足りない、とか、女にもてない、とか、そういうマイナスの話題を選ぶことが肝腎だ。会名がなかなか決らないので、その下らない議論で昼休みがすぎた。決ったことが一つあった。ケインズの一般理論《ゼネラル・セオリイ》のゼミナールをやろうということ。これでまた週のうちの一日がつぶれてしまう。

金曜は晴れて暖かかった。午後、一雄は局次長のお供で日銀へ行った。「小学生の貯蓄宣伝優秀ポスターと綴方の審査会」があるのだ。

一雄は日銀の建物の中へ入って行くのが好きだった。この陰気な、壮大な、非人間的な建物も好きだった。この建物がインフレーションと呟く。インフレーションという言葉はこうして呟かれると千鈞《せんきん》の重味がある。インフレーション……インフレーション……それが幾千の谺《こだま》を返す。するとそろそろこの建物はデフレーションと呟くだろう。この「デフレーション」にも千鈞の重味がある。それは反響する。デフレーション……デフレーション……。

内閣首班の指名は、吉田へゆくか、芦田《あしだ》へゆくか、まだ今日のところはわからないそうだ。局次長は芦田だろうと言っていた。一雄は局次長のあとをついて、大理石にかこまれたリノリュームの廊下を歩いた。廊下は二重三重に錯綜していた。これは銀行の銀行だ。こんなに感情を無視した建物の中で働けたらどんなにいいだろう。どの角を曲っても、大きな石の柱が無言で押し戻す。粘液的なものはどこにもない。一雄は人間的な建築がきらいだった。大理石に頰っぺたを押しつけると、頰っぺたは冷くなり、まっ平になる。墓の中で生活すべきなのだ。この活力ある墓はすばらしい。すべての墓地と同じに、「銀行の銀行」は、人間生活を究極のところで支配しているという自恃の念に充ちて、冷く暗い。生活の極致は墓を模倣することだ。千夜一夜譚の、異母兄妹《きょうだい》の恋人同士は、快楽のために墓にとじこもる。……鍵のかかる部屋。……一雄はそれに思いついて、怖しさと快さにぞっとした。

この巨大な墓にはエレヴェータアがついていた。局次長と一雄はそれに乗った。二人は暗い立派な応接間へ案内された。戦後こんなにスチームのあたたかい部屋はめずらしい。

主賓の朝山《あさやま》画伯が待っていた。今日のポスタアの審査をするのだ。朝山画伯は小肥りしていて、愛想がよくて、いつも酒落を飛ばしていて、姿も人となりも安楽椅子のような男だった。自分が人気者だということをよく知っていて、見上げた心掛だが、大臣にも左官にも同じ冗談まじりの挨拶をする。生れつき社会の潤滑油と謂った役処《やくどころ》の男があるものだ。いつも薔薇いろの頬。いつも小綺麗なハンカチーフ。……

局次長も日銀の役員たちも、十五分も話すとすっかり朝山氏に魅了された。地位を持った男たちというものは、少女みたいな感受性を持っている。いつもでは困るが、一寸した息抜きに、何でもない男から肩を叩かれると嬉しくなるのだ。朝山氏はこの呼吸をまことによく心得ていた。早く俺も禿げることだな、と一雄は思った。世界は円くなり、人間関係は日向の飴みたいに融け合うだろう。

みんなは大きな窓がビル街を見渡すひろい部屋へ案内された。周囲の壁と、中央の大テーブルに飾られた色とりどりの無数のポスタア。子供たちがこんなに巧みにスローガンにおもねることを知っているとはおどろいたことだ。一つの絵では、鶏の母親が、ひよったちに餌の貯蓄を教えている。ある絵では、充実した貯金箱が元気に縄飛びをしてはねまわり、何日も飯を食わないルンペンの貯金箱が、青い顔をしてベンチに寝ている。

「これは色がなかなかいい。図案は月並だが」

と朝山画伯が云った。地位のある男たちは、ぞろぞろと画伯のあとをついてあるいた。画伯は丸っこい指で、ポスタアにちょっとさわってみたり、少し遠くから眺めてみたりしていた。戸外のビル街には早春の明るい日ざしがあった。局次長がそっとお上品に欠伸《あくび》をした。

「これはなかなかいいね。図案に強いて意味をつけずに、色をよく活かしてある。ほほう、九歳の女児ですな、女の子のほうが見処がありますよ」

みんなは手をうしろに組んだままぶらぶらその絵のほうへ近づいた。図案は明るい家庭のテラスだった。人物を描くのは本当にむつかしい。この作者はそこをうまく逃げていた。テラスは花壇の芝生に面し、家族の椅子だけが日ざしを浴びていた。父親の椅子には新聞と眼鏡が、母親の椅子にはやりかけの編物が、子供の椅子には読みかけの絵本とお人形が置いてあった。家族は何かの用で、一寸席を立ったあとらしい。貯金をせっせとすれば、こういう幸福な家庭が生れる、という意味にちがいない。

一雄は名札を見てびっくりした。

「G学院小学部二年、東畑房子」

と書いてある。

――審査会は夜までかかった。大きなシャンデリヤのある貴賓室で、洋食の晩餐が出た。一雄はまちがえて、果物を切る前に、フィンガア・ボールで指を濡らした。


彼は疲れていた。朝寝坊をしてあわてて出て来たので、鬚を剃っていなかった。土曜日はまた雨だった。自分の頬と顎にさわってみた。鬚はいつのまにか、こっそり陰謀をたくらむような工合に、一せいに短い固い穂先をそろえて延びていた。

事務室のなかは暗くて寒かった。課長が出張に出ているので事務は沈滞していた。省内理髪店へ行くには、断りさえすれば公然と行ける。そこで公然と時間がつぶせる。このところ組合は、安全通勤、定時退庁を通告していた。懶《なま》けることは、どこかで社会的正義にちょっぴりつながっていた。

一雄は主任事務官に断って理髪店へ鬚剃りに行った。一週間前に来たばかりなので、馴染の理髪師はすこしおどろいたような顔をした。一雄は遠くから、顎をこすってみせた。理髪師は鋏を使いながら、うなずいた。一雄は安心して待合室の椅子の端に腰かけた。いつもそこは満員だった。先客が五人もあった。

一雄はここが好きだった。先客が多ければ多いほど好きだった。第一、明るいのがいい。電灯は惜しみなくともされ、三つの大きな鏡がその光りを反射させている。ヘア・トニックのアルコホルの匂い。石鹸や消毒液の純白の匂い。彼は火鉢にちょっと手をかざし、それからのびのびと椅子の背にもたれた。

娯楽雑誌が、頁の上下の隅が汚れた造花のようにめくれて、椅子の上にちらばっていた。待っているあいだ、彼はそれらを隅から隅まで読んだ。扮装をこらした流行歌手の写真が載り、その下に抒情的な歌詞があった。映画俳優はたえず恋愛をしており、小説家はエロティックな連載小説を書いていた。

『人気商売もいいだろうな』と一雄は考えた。『無秩序から公然と利益を獲る。そうして自分は傷つかない』彼はふと自分が流行歌手になっているところを想像した。マドロスの扮装をし、ドーランを塗り、にやけた表情をする。この空想が彼を刺戟した。歌うたいにはみんな白痴的な素質がある。歌をうたうということは、何か内面的なものの凝固を妨げるのだろう。或る流露感だけに涵《ひた》って生きる。そんなら何も人間の形をしている必要はないのだ。この非流動的な、ごつごつした、骨や肉や血や内臓から成立ったぶざまな肉体というもの。これが問題だ。

彼は歌をうたってみようとした。ちょっと口をひらくと沈黙した。

「……プラットホームの明るさよ」

「……忘られぬ、忘られぬ……」

「……林檎の気持はよくわかる」

鏡の中の白い輝かしい布が立上った。客が交代するのだ。一雄は自分の顎の固い密生した鬚が、じっと自分を肉体の領域にとじこめているのを感じた。さもなければ、彼は歌うだろう。飛ぶだろう。どんな細い隙間でも、一種の流動体になってすりぬけるだろう。現実の連鎖は解かれるだろう。

呪文のようなものだ。一寸歌い出せばいいのだ。

「夜のかなしさ、君偲ぶ……」

とか、

「青春の焔を胸に身もだえて……」

とか、そういうやくざな歌詞を。

——一雄は鏡の前にいた。鬚はきれいに剃られていた。彼はこの顔が、決して歌い出さない顔だということを知っていた。

……房子は、一雄の手から鞄を引ったくって、先に茶の間へ飛んで行った。茶の間は温かかった。うれしいな、うれしいな、と房子は言った。もう房子、一人で御飯をたべるの飽きちゃった。

「君の貯金のポスタアは三等だよ」

「うれしい。どうして知ってるの」

「僕が審査したんだ」

「審査ってなあに」

「僕が点をつけたんだよ」

房子はよくわからないような顔をして黙っていた。わからなくてもいい。一雄は説明の必要を認めなかった。しかし房子があんなものを描いたことに怒りを感じた。

「どうしてあんなものを描いたんだ」

「だって先生が描かせたんだもん」

「そうじゃない。あの図案のことだよ」

「ああ、あれ？　あれはアメリカの御本にあったのを真似たの」

一雄はうんとしつこく訊問しないことにはやりきれなかった。大体九つの子が、そんな図案で貯蓄奨励を暗示することを、思いつく筈がないではないか。

「どうしてあれが貯金の意味になるんだ」

「ああ、そうかな。おじちゃまもやっぱりよくわからない？　房子もよくわからないの。でも先生がとてもいい、っておほめになったの」

「本当にわからないで使ったのかい、あの図案」

「うん」

一雄は少し安心した。彼は煙草を口にくわえた。房子が燐寸《マッチ》を擦った。

「マッチなんか擦らなくてもいいんだよ。どこでそんなことを覚えたんだい」

「何でもきくのね、先生みたいね、おじちゃま。（房子は、呆れるほど愛らしく笑ってのけた。）今まで『どこで覚えた』なんて、誰もそんなこときかなかったわ」

「誰も？」

「お母ちゃまが、ときどき、いろんなちがうおじちゃまを御飯によんだのよ。煙草に火をつけるの面白いから、房子、一度火をつけて上げたの。そうしたら、お母ちゃまが、『房子ちゃん、えらいわね』って仰言《おっしゃ》ったの。それからいつも房子そうすることにしたんだもん」

しげやがハムや野菜サラダを盛り上げた皿をもって来た。この女の肌はどうしてこんなに真白にてかてか光っているんだろう。肥っているので、著物《きもの》の胸もとがいつも少しはだけている。おそらくこの女は何でも知っている。絶対信用できる女。何にでも聴耳を立て、必要とあれば立聞きも覗きもするが、秘密を決して人に売らず、自分一人で秘密を貯蓄してたのしむ女。八十歳まで独身でいても平気な女。つまり一人で寝るのがいちばん好きなのだ。夜具の中は、腋臭持ちのように秘密の匂いで充満するだろう。

しげやは手首に輪ゴムを二つ三つはめている。輪ゴムは白い肉の脂身に喰い入っている。

「さあ、おひるができました」

「さあ、おいしいおひるをいただきましょう」

一雄はさっきの房子の言葉に傷ついていた。「ちがうおじちゃま」「ほかのおじちゃま」「別のおじちゃま」――これだけでもう三人だ。誰も死人を独占することはできない。死人は肉体の檻を抜け出して遍在してしまう。「他の男たち」は、都市の隅々で、おのおのの生活をつづけているだろう。桐子は確実に彼らの間に存在している。一雄には……房子がいるのだ！　この考えが、ぞっとする力で彼の心に這い入った。

食事がすんだ。房子は浮かれていた。母親を失くして少しも悲しまないこの不思議な娘。彼女は踊りの稽古に通ったり、動物園に行ったりする話を、記憶をすっかりごちゃまぜにしてくらしている自堕落な女のような調子で話した。ときどき、ひどく子供らしくてひどく技巧的な、熱っぽい目つきで一雄を見た。『この子と俺はどこかへんに似ているところがある』と一雄は思った。『しょっちゅう一緒に寝ていた女の死に少しも感動しない男と、母親の死に少しも感動しない少女と』

房子が一雄の手を引張って立たせた。応接間へ行くのだ。紅茶とお菓子ね、それからストーヴに火をつけて、としげやに言った。しげやは事務的に行動した。スタンド・ランプがともされ、瓦斯《ガス》ストーヴは青い焰をあげた。

「もうあっちへ行っててていいのよ、しげや。用があるときは呼ぶから」

しげやは姿を消した。房子は一雄の膝の上へ乗って来た。

一雄は膝の上の九つの女の児を抱き緊《し》めた。髪は乳臭く、肉は甘い香りを立てた。抱くと人間の肉の抵抗感がちゃんとあった。房子は急に、体を曲芸のようにくねらして、彼の腕をすりぬけた。とび上り、両手を叩いた。

「ダンスしよう！　ダンスしよう！」

彼女はレコードをかけた。音楽が辷り出した。自然な動作で、房子はドアのところへゆき、忘れていた鍵をかけた。

「ダンスしよう！　ダンスしよう！」

それにしてもそれは技術の要るダンスだった。房子の背丈は一雄の胃のへんまでしかなかった。彼は右腕で抱き上げて踊った。ひどく重くてよろよろした。しかし顔はおかげで顔の高さになった。房子は唇をすぼめて、乾いた唇のそのすぼめた皺を捺印するように、一雄の唇に押しつけた。

一雄は乱暴に房子の体を落した。おそろしく混乱して、房子の目を見据えた。

「いいか。もう決してキッスしないと約束しなければ踊ってやらないぞ」

「約束する。約束する」

房子は彼の首へ腕をまわし、急にまた接吻して、逃げ出した。

春は少しずつ近づいているらしかった。春のさかりに、いよいよインフレーションの破局が来るだろう。

一雄は妄想にとりつかれた。房子のからだ。房子のからだ。少女の体は、どうして妙に冒瀆的ないたずらをしてみたい気を起させるのだろう。一雄はあばずれの三十女の体に対しては、敬虔な男なのだ。

しばらく房子を訪ねるのは差控えよう。彼は「引裂く」という言葉を怖れた。彼はこのままでいたら、きっと房子の体を、その小さな綻びでは足りずに、引裂いてしまうだろう。

彼は又ひきつづいて、「誓約の酒場」の夢を見た。ある深夜、夢の中でその酒場へ行くと、三四人の男が、焼跡のコンクリートの礎に腰かけて呑んでいた。

「ビール」

と一雄が呼んだ。ビールはありません、と客の一人が言った。一雄の手にコップをもたせ、酒瓶から真紅の酒を注いだ。呑むと口に粘ついた。これは何だ、と一雄が怒ってたずねた。客の一人が答えた。

「血酒ですよ」

別の一人が註釈を加えた。

「少女の体から絞って精製した上等の酒です」

一雄は納得が行った。「誓約の酒場」というやつは、サーディストの会合の場所なのだ。政府がサーディズムに法令の保護を加えているのだ。新聞の一角にこの記事が小さく出ていた。政令第×号に基づき、都内各所に「誓約の酒場」が開設される。毎夜一時より。

彼はほかの四人を観察した。一人は禿げた小男で、下町の呉服屋の主人と言った感じ。あとの三人は若い。会社員風の背のすらりとした痩せた男。銀行員らしい謹直な若い男。学究肌の眼鏡をかけた、どこかの研究室の助手らしい男。

四人ともごく穏かな身装《みなり》で、大人しそうな顔つきをしている。猫を被っているのではない。本心から大人しくて、親切で、まじめで、信用できる人間で、そして、サーディストなのだ。

「何か話をきかせて下さい」と会社員風の男が言った。彼の口のはじからは血酒が糸を引いて滴《したた》り落ちていた。それをすばやく手の甲でぬぐって、つづけた。「何でも、遠慮なく話して下さい。体験を話せというのじゃありません。悲しいことに、われわれには体験がないのです。そこで、空想していることを、あたかも体験のように話すのが、われわれの流儀になっています」

「ともかく、あなたから先に話して下さい」と一雄が言った。

「じゃあ、そちらから」と呉服屋の主人が指名された。

「よござんす」と呉服屋が語り出した。「実は私は呉服屋じゃありません。染物屋なんです。今度新しい染色をはじめて、銀座へも沢山出しますから、皆さん、ごらんになって下さい。とても芸術的なものですから。……私あどういうものか、人体の断面図にひどく美を感じるのです。勿論、女のですね。あれから思いついた染色で、今年の夏のゆかたには、女の腸に髪の毛を散らした模様を考案したのです。なんとも涼しげな効果が出ると思いますよ。赤いところは、みんな殺した女の血を精製した染料で染めました。科学がえらく進歩しまして、変色を防ぐのなんぞ、造作もないことです。ただ問題は、青ですよ、腸のあの何ともいえないデリケートな青ですよ。あの色がどうして出せるか、まったく弱りました。この試験のために、十八人ほどの女を殺して、まだ湯気の立っている腸を大いに研究しました。結局あの色素をそのまままとるほかはないという結論に達したんです。私は今、腸を沢山採集していますが、最低せめて二千人分が要りますね。

一人当りの青い色素はごくわずかですから」

「私はですね」と銀行員が語り出した。「女の死刑の方法をいろいろ考案しました。今度の方法をやってみましたら、大へん効果があがるので、当分これで行きたいと思います。私はもう女を裸かにするのがあきあきしました。そこで今度は著物を著せてやるのです。それにはまずファッション・ブックが要りますな。このあいだもこの手で行きましたが、女は大喜びですよ。まず女に衣裳をえらばせます。ぴったり身についたスーツなんぞ粋なものです。とにかく衣裳はぴったり身についたものでなくちゃいけません。著せるためには、まず全裸にします。著せるには大分時間がかかります。何故って、これは刺青の著物なんですからね。

全身に刺青でスーツを著せるのです。スーツの縞模様の刺青なんか、凝れば凝るほど結構です。女はひいひい苦しみますが、いい衣裳のためなら何でも我慢します。出来上ったら、たびたび一緒に寝ます。当座はカッカとしていますが、数日後にはひんやりと蛇の肌のようになります。著物を著たままの女と寝るのも乙なもんですよ。

さて死刑はこれからです。女にハンカチやコムパクトを買ってやり、それをハンドバッグではなく、洋服のポケットに入れてやるのです。造作もありません。小刀で胸のポケットのところに横線を入れ、そこにきれいにたたんだハンカチを奥深くさし入れます。みるみるハンカチが血に染って、きれいなものですよ。それから横腹の刺青のポケットにもうまく深い創口《きずぐち》をこしらえて、そこへコムパクトを押し込んでやるのです。しばらくしてコムパクトを出してあけてみると、白粉に血がにじんで目がさめるようです。女は五六時間で死にます」

「そのコムパクトの鏡に映ったあなたの顔はどんなでした？」

と一雄がきいた。銀行員は窓口で見せる愛想のよい微笑をうかべた。

「そう、悪鬼の形相というのはわれわれとは縁がありません。あれはサーディズムについて世間の持っている誤解の最たるものですね。私は……強いていえば、非常に温厚な顔をしていました」

皆が一雄の話をせがんだ。一座にはだんだん昼飯のあとの雑談のような、たのしい雰囲気があふれて来た。

「僕ですか？　僕は少女を凌辱しました。少女を『引裂いた』のです。少女は血を流して死にました。九つの子ですよ」

「それだけですか」

「それだけです」

一人が笑った。みんなは大いに笑った。笑いは廃屋に谺《こだま》した。

「あなたはまだ既成観念にとらわれていますね」と学究肌の男がなだめるように言った。

「われわれは空想を話しているだけなんです。内心の自由はわれわれのものだし、今のところ、言論の自由もわれわれのものです。政府はわれわれに味方しています。われわれの誇りと云ったら、何と言いましょうか、人間愛と残虐への嗜好とが、ぴったり一つものだということです。われわれの愛はやさしいのです。精神的残酷さとわれわれほど縁の遠い連中はありますまい。皮膚の下にこそ愛の本拠があります。世間の人間は、皮膚を愛することにすぐ飽きて、女の心を、心臓を愛するじゃありませんか。それに比して、われわれは血や腸を愛するだけです。内臓を愛する点では同じことです。われわれは幸いに政府の支援を得て、啓蒙運動を展開して、世間の目をさましてやらねばなりません。愛は必ず残虐に帰著する、愛することは殺すことだ、と。われわれは生ぬるいものには飽き足りません。たった一つ例外があります。それは血です」

拍手が深夜の廃屋に谺した。学者肌の男は様子ぶった態度で結びの言葉をのべた。

「本日かくも多数の御参集を得まして、本大会が開催されましたことは、私の深く欣快とするところであります」

『俺の書いた原稿だ』と一雄は思った。

そこで目がさめた。

……この夢の影響はしつこかった。たとえば商工省へ出張を命ぜられたかえり、虎の門の停留所で電車を待っていると、おなじ電車を待ちながら愉快そうに立話をしている四五人の男に、一雄は聴耳を立てた。きっと「誓約の酒場」の話をしているにちがいない。

晴れた日の昼休みには、上智大学の横の土手の上をよく散歩した。風がなければ、日の当っている枯草があたたかい。四谷駅の上から、赤坂見附まで、その土手づたいに行けた。一雄は土手の松林の一本の松の木の下で、三四人の男が枯草に腰を下ろし、談笑しているのを見た。一人が道をゆく一雄の姿をみとめて、挨拶した。するとそれは「誓約の酒場」にいた背の高い会社員風の男の顔だった。

一雄は歩をはやめてとおりすぎ、独り言をくりかえした。『あいつもサーディストだったんだ。あいつも！』……そのうちに自分のばかばかしい考えに気づいた。男は多分よその局の事務官で、一度一雄が資料をもらいに行って顔を合せたことがあるくらいの仲なのだ。むこうがおぼえていて愛想よく挨拶したのだ。こちらも多分おぼえていて、その顔が夢の中に現れたにすぎなかった。

銀座で一雄は、高等学校の友達にぱったり会った。ひどく思い悩んでいる様子なので、一緒にビールを呑んだ。友達は一卵性双生児の片方だった。兄は瓜二つで、紛わしいことに、兄弟とも伯父の同じ会社に通っていた。兄弟の左手の小指は同じように曲っており、離れていても兄が弟のことを想っている同じ瞬間に、弟も兄のことを思っていた。

「俺はとても悩んでいるんだ」と彼は言った。

「こうしてビールを呑んで俺が打明けていれば、きっとどこかで、兄貴もビールを呑んで昔の友だちに打明けているにちがいない。実は兄が、双生児《ふたご》の姉妹の姉のほうに惚れて結婚することになったんだ。そうしたらみんなが、俺にも、妹のほうと結婚しろとしつこくすすめるんだ。ところが、俺はその妹を好きじゃないんだ。他に惚れた女がいるんだ。それでもみんなは、俺に双生児の妹と結婚しろってすすめるんだ」

「わかったよ」と、一雄は筋道を立てた。「世界は対《つい》ということが好きなんだよ。花瓶だって対でもらうのをよろこぶじゃないか」

「そうじゃない。そうじゃない」と彼は卓を叩いた。「俺はどうして自分が兄貴とおんなじに、その双生児の妹のほうが好きにならないか、ということを考えると気が違いそうになるんだ」

それから彼は壁鏡のほうに向き直った。鏡は彼の顔を映した。彼はしつこく説得する調子で、鏡を指さして、こう言った。

「ほら、見ろよ。あそこにいるのは俺じゃないんだぜ。あれは兄貴だ。俺はここにいる。むこうにいるのは兄貴なんだ」

――ストライキは蔓延していた。芦田聯立内閣は弱体だった。役所ではたびたび組合が一斉賜暇を指令し、職場大会が数時間にもわたって屋上でひらかれた。一雄が役所をぬけ出して映画を見に行ってかえってくると、まだ大会はつづいていた。雨がふり出していたので、屋上は傘に埋まっていた。銀行も一斉賜暇をやった。三月廿五日には全逓《ぜんてい》ストがはじまった。電話もラジオも郵便も杜絶した。

役所の組合は二千九百二十円ベースを拒否した。政府は弱腰だった。司令部へ泣きついた政府は、更に不利な条件を出されて、泣きっ面に蜂になった。

或る税務署長は首でもくくる気持になっていた。その土地の軍政部から、職場大会は職務時間中にひらいてはならぬ、という命令が出た。しかし組合は、本部の指令だと云って、頑として職務時間中に大会をひらいた。それは十五分ぐらいですんだ。しかし軍政部はこれをかぎつけると、署長もぐるだろうと推測して、検察庁へ電話をかけ、署長を逮捕させたのである。
　革命とインフレーションの破局は、おそらく同時に来るだろう。『俺はサーディストだ！』と一雄は中空へむかって叫んだ。しかし実のところ彼は、サーディストですらなかった。彼は房子と会うことを怖れていた。

　桜は四月七日ごろに満開になった。上智大学の横の土手はお花見によかった。一雄は同じ課の人たちとそこを散歩した。花があんまりぎっしり咲いているので彼はいやな気がした。
　四月十日の土曜は晴であった。役所が退けて、一雄は弁当をたべていた。廊下へ出ていた前の机の女事務員が、面会の人だとしらせて来た。しげやと房子が事務室へ入って来た。一雄は、あとでうるさい課員たちにきかれたら、母親をなくした親戚の娘だと言訳しようと考えた。『これは思いすごしだ』とすぐ一雄は思った。『誰もこんな子供と俺との間柄を疑ったりするやつはいない。房子はただ、微笑ましい面会人にすぎないんだ』
　しげやが一寸一雄をにらむようにしてから、空いている椅子に坐り、房子を自分の膝にもたれさせた。房子はすねていた。しげやが代って口上を言った。

「あんまりお出でがないんで、お嬢様が毎日おじちゃま、おじちゃま、と言い暮して、お可哀想なんでございますよ。ですから、御迷惑でしょうが、お嬢様をお連れしてお迎えに上ったんでございます」

「僕はあんまりお宅へ上りたくないんです」

「だって旦那様はどうせ夜中の一時までおかえりにならないんだから、御遠慮は要りませんのよ。今も留守番を人にたのんでやっと出て来ましたの。そのまますぐおいで下さいまし」

一雄はしげやの大きな声を怖れて、帰り支度をした。良い思案がうかんだ。しげやを帰して、房子をほかへ連れ出せばよかった。彼は房子に、映画を見に行ってお菓子を食べよう、と誘った。房子はよろこんだ。四谷見附でしげやと別れて、二人は新宿行の都電に乗った。

出来心というものならいくらもある。出来心の殺人というやつはいくらもある。しかし持続は狂気だ。房子に対する彼の感情は持続していた。憐憫や残酷さやいろんなものがまざり合い、そうしていつも房子の肉について考えた。この未熟で、桃いろで、ふわふわしたもの。完全に技巧的な無邪気さ。彼は手のなかにしばらく置いて、じっと眺めて、それから握りつぶしたかった。果汁が流れ出るだろう。

ロマンチックな人間は、一雄が清純さを自分のものにしたがっていると考えるだろう。ところが清純さにもちゃんと肉が在るのだ。みんなは子供なんかには肉はないと思っている。しかしちゃんと心臓と血と腸があるのだ。夢の中のサーディストたちはその限りでは正しい。しかし……、おそろしい矛盾だが、汚濁と淫蕩にもちゃんと肉が具わっている。肉は同質だ。

房子はどうしても両手で吊革にぶらさがりたがるので、一雄はしばらく体を支えてやった。薄い皮膚の下で、女の体が九分通り出来上っていた。自分でも意味がわからずに、子供の言葉をではなく女の言葉をばかり喋りたがるのは、房子自身は一向自分の外形にあざむかれていないためだろう。……房子はよろこんで、一雄に手を離せと言った。一雄は一寸手を離した。房子は両手で空中にぶらさがった。乗客たちはこのお転婆にびっくりしていた。三十年も勤続しているらしい煤けた車掌が、これをとめに来た。

映画は面白かったし、お菓子はおいしかった。房子は満足しているらしかった。家の外ではすこしも媚態を見せなかった。彼女は「子供に返って」みせていた。

風が出ていた。二人は歌舞伎町とよばれるまだ出来かけの町を歩いていた。一雄は手の形をした立札を見た。《星空ダンスホールはあちら！》

二人はそのほうへ歩いた。「星空ダンスホール」は節穴だらけの粗末な目かくしの板をめぐらした、三百坪ほどのただの地面だった。目かくしの内側には、貧弱なひばが一米《メートル》間隔に植って埃をかぶっていた。木立の枝から枝へ、色とりどりの豆電気がともっていた。豆電気は風に揺られながら明滅していた。

夕方になって曇りだした空は暮れ悩んでいたが、星の出る気配はなかった。すべてがまだ明るすぎた。レコード音楽が景気をつけ、運動靴や下駄穿きのお客を誘い込もうとしていた。ここならゴム長だって入れてくれるだろう。今のところ客は一人もなかった。踊っているのは、つむじ風が舞い立たせている埃だけだった。

房子がそこへ入りたがった。ペンキをけばけばしく塗った切符売場があった。入場料三十円。御同伴五十円。一雄は五十円払った。切符売場の女は、椅子に中腰になり、金網の目から房子をのぞき下ろした。

三百坪の四角い地面の中央に、メリイ・ゴーラウンドのような円舞台があった。波型に軒につらねた花綱の一ヶ所が外れ、たるんだ大きな半円になって垂れていた。三四人の楽士はしらん顔をして話し込んでいた。客が集まるまでレコードをかけておけばよいのだ。一隅にはペンキを塗り立てた売店があって、するめ、落花生、サイダアなどを売っていた。

房子はひばの枝に豆電気が揺れているのを面白がった。

「あんなの、家《うち》にもほしいな」

今度また貯蓄宣伝ポスタアを描かされたら、きっと豆電気を描くにちがいない。一体東畑家に貯金なんかあるだろうか。

『この子の肉体』と一雄は房子の手を握りながら思っていた。『この肉のことを考えると、不可能なものにぶつかってしまう。俺は今一人ぽっちだ。この子とあの鍵のかかる部屋にとじこもることができるだろうか。俺はこの子を壊すだろう。引裂くだろう。もう一つの鍵のかかる部屋、牢獄が俺を待っているだろう』

二人のまわりには抒情的な背景がみんな具わっていた。『人間愛と残虐への嗜好がぴったり一つものなのです』そんな馬鹿なことはない。一雄がこの少女を、人間らしく、公明正大に、庇護の感情で愛していると仮定する。そうすれば、この春の夕暮や、豆電気や、懶《なま》けている楽士たちのいる舞台や、派手なペンキ塗りの売店や、こういうものは、たとえようもなくセンチメンタルで、哀愁を含んだ甘いものになるだろう。彼は少女とダンスをするだろう。実際そういう一組をパーティーで見たことがある。

しかし一雄は、この柔かい、水分の多い肉のことだけを考えていた。世界と無秩序はそのむこう側にあり、冒瀆されたがっている小さな肉が目の前にあった。この肉をつきぬければ、彼の前に世界がひろがるだろう。あるいは彼は、自適した、自在な、無秩序の住人になるだろう。

豆電気は風に揺れ、客観的には、一人の気の弱そうな青年が、愛らしい少女の手をつないで立っていた。懶けものの楽士たちは、ものぐさそうにギターを弾きはじめた。風がひどくなって、ひばの葉がはためき、だんだん暗くなる地面の上に、埃をさらさらと移していた。そのとき近くのカフェの性能のよい拡声器が、雷《らい》のような音で流行歌をうたいはじめた。ギターの音楽は一そう見すぼらしくきこえ、楽士はいらいらと何度も爪先でマイクロフォンを叩いた。

一雄は似たような客の一組がいつのまにか入って来ているのを見て、おや、と思った。鏡だった。目かくしの板ぞいに、雨よけの屋根をつけた姿見があり、その枠に白ペンキで、川口家具店と筆太に書いてあった。鏡が一雄を救った。それは他人の目だ。ほんの一瞬間だが、彼も他人の目で自分たちを見た以上、（全くそれは、センチメンタルな青年と九歳の女の子との抒情的な一組にみえた、）他人も同じように自分たちを見るのは確実だった。彼はあの双生児の弟が鏡を見て「あれは兄貴だ」と叫んだのを思い出した。

「踊ろうか」と一雄が言った。

「踊ろう、踊ろう」と房子が彼の首筋にとびついた。

彼らは、丁度親が子供をあやすような恰好をして踊り出した。今日の房子の髪は乳臭くなかった。

「おや、香水をつけてるね」と一雄が言った。

「うん」

房子は彼の胃のところへ頰を押しあてて踊った。房子が言った。

「あら、今、お腹が鳴ってるわ」

一雄はその一言でとても愉快になった。彼は空を見上げた。「星空ダンスホール」の看板は嘘ッ八だ。星はなかった。円舞台の軒のまわりにいっぱい貼りつけた大小の銀紙の星のほかには。

みんなのたのしみにしていた事が実現した。それは新任学士の歓迎の恒例だが、去年の秋からいろいろな事情でのびのびになっていたのだ。週一回の「ゼネラル・セオリイ」のゼミナールがすむと、みんながそれを話題にした。横浜税関がエロ映画を見せてくれるのである。

一雄はこの十数人の同年輩の仲間の、少くとも半分は童貞だろうと睨んでいた。勉強ばっかりで女と寝る暇なんかなかったのだ。あるいは女を知らなかったから法律書が読めたのだ。性的な話がはじまると、童貞様は憧憬的な目つきになる。彼らの先輩の一人は、廿九歳でこの間童貞のまま結婚した。彼は親しい後輩のところへ、はじめて女と寝るにはどうしたらよいかをききに来た。廿九歳まで童貞でいられるとはすばらしい才能だ。世界の半分を無瑕《むきず》でとっておく。それまで女をドアの外に待たして、ゆっくり煙草を吹かしたり、国家財政を研究したりしていたのだ。

決して急がない男がいるものだ。世間で彼は「自信のある男」と呼ばれる。蠅取紙のようにぶらぶら揺れて待っている。人生が蠅のように次々とくっつくのだ。こういう男はどんなに蠅を馬鹿だと思い込んで、一生を終るだろう。事実は、蠅取紙に引っかからない利口な蠅もいることはいるのだが。

税関はランチを出して一行に港内の見学をさせた。ほとんど外国船で、日本船はこれが動くかと疑われるボロ船ばかりだ。沖に碇泊している白い輝かしい汽船は、静かな緩慢な火災のように煙をあげている。晴れたすばらしい日だ。ランチがそばをとおるときよく見える船の美しさ。船の形は海がメカニズムを美的に修正して出来たのだ。その形態の、見れば見るほど見惚れる複雑さ。皿にうまく積み上げた御馳走みたいだ。複雑な形態の部分部分が、海のかげりのない日光のために、明確な形と影と量感をもっている。彼はいつのまにか、自分が「肉体」について考えているのに気づいた。

「君は革命が起ると思うか?」と一雄は同僚にたずねた。

「起らないだろう」

「何故」

「だって司令部があるもの」

「破局的インフレーションは来るかしらね」

「来ないだろう。その前にGHQが何とかするよ。第一、そうしなけりゃ司令部の損じゃないか」

解答者はこの年でもう二本筋のある太った頸《くび》から、カメラの革紐をかけていた。革紐は首のうしろで捩れていた。彼は金輪際そんなことに気附かないし、気附いたって大したことではないのだ。彼の現実判断はまちがっていない。未来についてはすべからく断言すべきだし、過去についてはそばからみんな忘れてしまうべきだ。実際こういう男は、人間関係に生きていて、人間関係しか信じていず、大抵のやつが権力機構だと思い込んでいる司令部を、人間関係としか見ない大人の目の持主だった。彼が生きているあいだは、多分この考えは修正されないですむだろう。

一行はトラックで税関長官舎へ運ばれた。酒と晩飯が出、それから映画がはじまった。最初の字幕が出たとき、襖がたおれて、それが映写機にぶつかった。一時間修理にかかった。映画がはじまった。「森のニムフ」というのは、池のほとりに寝ている裸婦の夢の話で、よくあるやつだった。二人の妖女にかしずかれているところへ、おそろしい形相の森の魔があらわれる。「悪魔の形相というのはわれわれとは縁がありません」——女は森の魔に追いかけられ、倒れ、羊歯《しだ》で体をおおわれる。そこで夢がさめる。どれも無声映画だったが、おしまいのがいちばん凄かった。要するに味覚に訴えるやり方なのだ。女はせかせかと男の洋服を脱がせてやる。釦を外すときの、あの神経質にこまめに動く白い繊細な指。一雄は桐子の指を思い出した。裸かの女が部屋のすみへ行って、自分のハンドバッグを小脇にかかえて戻る。彼女は男に金を払うのだ。まっぱだかでハンドバッグを抱えて小刻みに歩く恰好は、崇高なほど滑稽だった。童貞たちも笑った。ハンドバッグはたしかに威厳のある品物だ。

あくる日、一雄は、久しく会わない友達から葉書をもらった。たった一行、

「前略、生存しております、敬具」

と書いてあった。二三日のち、そのおふくろが一雄に電話をよこした。自殺したのだ。一雄は久しぶりで葬式に出た。少しも悲しくなかった。焼香の行列はゆったり進んだ。人数が少いので、できるだけゆっくり進まなければ恰好がつかなかった。会葬者は他処《よそ》では大きな声で話すことを、ひそひそ声で話していた。政治の話とか、息子が一番で卒業して就職した話とか。『生存しています、と書いたとき、あいつは自殺の決心をしていたろうか』と一雄は考えた。『不在証明《アリバイ》をつくった葉書。あいつは多分事実を報告したにすぎないんだ。あいつがあの葉書を書いたとき、多分あいつは、自分の死後にも必ず他人たちが生存して、葬列に加わることを知っていた。世界が崩壊するなんて、幻想にすぎないことを知っていた。他人は永遠に生き永らえることを知っていた。こんなことを確実に意識したら、自殺するほかないだろうな』

不死は、子や孫にうけつがれるなんて嘘だ。不死の観念は他人にうけつがれるのだ。一雄の前の机の毛糸の人形は頑健だった。そいつはなかなか死ななかった。女事務員は毎朝出勤しては、十本の鉛筆の尖《さき》を錐のようにとがらし、それで毛糸の人形の体を突き刺していた。人形はころがり、じっとしていて、彼女の指が起してくれるのを待っていた。

新聞で一雄は「冷い戦争」という新語をたびたび読んだ。去年の十二月二日にA新聞に出た外人記者の文章からはやりだした新語だそうだ。総司令部が全逓ストを停止して以来、ストライキは逼塞した。夢の中で、サーディストたちは、あの大人しい市民たちは、秘策を練っていた。『……この世界を血と暗黒で塗りつぶしましょう』

一雄は単調に役所へ出、又かえった。資金計画はのんびりと運ばれた。不快な、何か爆発的なものがあって、彼を内側と外側からゆっくりしめつけていた。胃が悪いせいだろうと思い、胃の薬を呑んだ。彼は医者に行った。百パーセント健康、と医者が保証した。実際、不眠や食欲不振や疼痛《とうつう》や、あらゆる病的症状から彼は遠かった。ただ、何かにやんわりと抱擁されているような気がした。そいつが何か出来心を起して、もう一つしめつけたら、彼の息の根はとまるのだ。『俺は今では無秩序なんか信じてやしない』と彼は思った。観念はみんな死に絶えていた。

女を買いに行ったが、そんなことで事態は別にかわらなかった。ただ、世界が寸断されていた。それを縫い合せようとする不気味な、科学的な、冷静な手がどこかに見えた。彼はその手をおそれた。硝子はこわれているほうが安心だったし、粉々の硝子はすぐに硝子だとわかった。あんまり透明で、あんまり磨かれすぎた硝子は、見えない。

俺は一人ぽっちだ。今のところ、たしかにそうだった。もうすこしすると、みんな彼の噂をし、みんなが彼をよけて歩くようになるかもしれない。今のところ、誰も彼をよけて歩かない。朝はみんなが「おはよう」と言ってくれたし、別れ際には「さよなら」と言ってくれた。彼は人間の挨拶というやつがやりきれなかった。不当にいたわられているような気がした。

昼休みにはよく散歩に出た。あかるい街路樹の下で、財務省の給仕たちがキャッチボールをしていた。球は直線や曲線をえがいて飛び、離れた一対のグローヴは、まるで球をその凹みに強く引寄せるように見えた。一雄はしばらく立っていて、それを眺めて感歎した。あの球が何か意味があったら、あの球に何らかの意味がそなわっていたら、あは行くまい。球はころがり落ち、どこの叢《くさむら》にも永遠に見つからないだろう。

四月の太陽はすばらしかった。道を行く人は、ときどきハンカチを出して額の汗を拭いた。汗が出るというのは生きている証拠だ。小便が出るのと同様に。汗にも小便にも意味はなかった。もし意味がついたら、汗と小便は梗塞し、彼は死ぬだろう。

一雄の世界は瓦壊し、意味は四散していた。肉だけが残った。この意味のない分泌物を包んだ肉だけが。それは見事に管理され、完全に運営され、遅滞なく動いていた。医者の言ったとおりだった。百パーセントの健康。

歩いているうちに、一雄は小公園へ入っていた。小公園の裏口から抜ければ、東畑家はすぐだ。あそこへ行ってみよう。今日は平日だった。房子はまだ学校からかえっていない筈だ。彼は「鍵のかかる部屋」でしばらく一人で休みたい。しげやは別にいやとは言わないだろう。一人になって、内側から鍵をかける。あそこの空気は墓のように清浄だった。もし気が向いたら、瓦斯の栓を抜いてもよかった。しかしおそらく、俺は自殺しないだろう。彼は自殺するように生れついていなかった。未来に対する確実な意識がないのに、自殺できる筈がない。彼は燐寸箱を出した。燐寸の薬のついていないほうで歩きながら耳を掻いた。耳がかゆいのは快かった。遠くの、手のとどかない奥のほうのかゆみ。真暗な、見えない入りくんだ場所で、じっと身をひそめているかゆみ。燐寸は届かなかった。燐寸が決して届かないことが彼を一寸の間幸福にした。

一雄は呼鈴を押した。がらんとした家の中へ呼鈴がひびいた。毛の薄い、白い蛆のように肥った女中が玄関の扉をあけた。そとが明るいので、玄関はひどく暗くて、かびくさかった。一雄が何も言わないさきに、しげやはなまめかしい声でひとりで喋った。

「よく来て下さいましたわね。こうやってお昼休みに来ようと思えば、いつでもおいでになれるのにね。でも丁度よかった。お嬢さまは、今日はおうちなんですの。一寸加減がわるくて学校をお休みしたもんですから。でも、いいえ、ちっとも心配は要りませんの。……ほら、奥で音がきこえますでしょう。あなたのお声をきいたので、いそいでとび起きて、お寝巻を洋服に著かえているんですわ。お目にかかるたんびに、いつもちがう洋服を著ていたいもんですから、大へんですの。その上、鏡の前へとんで行って、お顔も作らなくちゃなりませんしね。お嬢さまはこのごろとてもお上手にお化粧をなさるんですよ。それも子供がすぐわかるようなお化粧をしたらおかしいでしょ。決してお化粧していないように見えるお化粧のコツをおぼえちゃったんですよ。いつ児玉さんが見えてもいいようにって、寝る前にも、いろいろお顔の肌をいたわってお床に入るんですよ。……さあ、さあ、お上り下さい。応接間でお待ち下さいます？　すぐお嬢さまがまいりますから。私も一寸お茶をいれて来なくちゃなりませんから。児玉さんをだしにして、いつもお嬢さまが紅茶とお菓子をもって来い、と仰言るでしょう。……それじゃあ、ちょっとそのままお待ち下さいまし。すぐ見えますから」

一雄は窓ぎわの長椅子に腰かけた。窓の前の木かげに遮《さえぎ》られて、部屋のなかは暗かった。奥の炉棚には、桐子の写真が、どこか不まじめな表情をしてこちらを見ていた。昼間は公園の音がよくきこえた。子供のつんざくような叫びがきこえた。

ドアが薄目にそろそろとあいた。女中は洋服と云ったが、房子の著ているのは虹のようなネルの著物だった。鮮かな檸檬いろの絞りの帯をしめて、うしろで蝶結びにして垂らしていた。帯をすこし上のほうに締めていた。ドアをしめると、一雄をじっと見つめて、少し笑った。いつもとちがって動作がひどく静かだった。長椅子の一雄のそばへ来て、大人しく坐った。それから自分の指をおもちゃにして、そこへ男の注意を惹いた。見ると、爪はみんな薄桃色にマニキュアされていた。

「病気だってね」

「うん」

「出て来ていいの？」

「うん」

「元気がないね」

「ふふふ」

房子は遠くのほうを見て笑った。一雄はいつものように肩を抱いた。すると体を固くしているのがわかった。この抵抗が彼を刺戟した。はじめて女にするような接吻を房子にした。房子の脣は乾いていなかった。

一雄は永いあいだ怖れていた言葉にとらわれた。引裂くこと。彼はどうしてよいかわからなかった。壊すだろう。俺は引裂くだろう。房子は大人しく抱かれていた。肉は彼の掌の中にあって、待っていた。

一雄はさっき房子が鍵をかけなかったのに気づいた。立上ってドアの鍵をまわそうとした。そのときドアはノックされた。ドアの外にはしげやが、紅茶茶碗と菓子の盆を持って立っていた。薄目にあけたドアから首をさし出した一雄に、低声《こごえ》で、「ちょっと」と言った。一雄は外へ出てドアをしめた。しげやは盆をかたわらの棚に置き、一雄を廊下のほうへ呼んだ。安クリームの匂いがした。女中は声をひそめて云った。

「お嬢様の病気何だかわかります?」

「何です」

「今朝はじめてあれがあったんですよ」

「え？　だって房子ちゃんはまだ九つだ」

「ずいぶん早い人もあるもんですよ。でも、私も早かったんです。それだから、仕方がないんですわね」

「何故」

「今まで申上げませんでしたけど、あの子は実は私の子なんです」

しげやは玄関へ盆をとりに戻った。盆を捧げて応接間へ入ってゆく女中のあとに一雄は従った。房子は大人しく待っていた。一雄はその部屋が血潮で真赤に染っているような気がした。

しげやは茶碗と菓子をそろえて出て行った。一雄は物を言わなくなった。房子も黙っていた。一雄の横には一人の女が居た。完全に自分を正当化して。

一雄はもう何事も主張することはできない。彼はゆっくり言った。

「僕はもう来ないほうがいい。これでお別れだよ。もう君に会わないほうがいい。君のためにそのほうがいいんだ」

房子は黙っていた。一雄は立上って房子の手をとった。房子の手はだらんと垂れた。

さよなら、と一雄は言った。恐怖から、彼は接吻を避けた。

房子は立上らなかった。一雄はドアをあけた。彼がドアをしめおわるとき、うしろに飛んでくる房子の影を感じた。

一雄は自分の背後に、あの輪郭のくっきりした小さな音をきいた。房子は鍵をかけた。彼はその音を外側にいてはじめてきいた。

白い肥った女中が玄関に出て来て、喋りながら彼に迫って来た。

「もうおかえりになるんですか。それはいけません」

彼女は溺死体のような大きな雑巾を手にもっていた。それから夥しく水がしたたった。

一雄は鍵のかかった扉に背をあてて立っていた。部屋のなかには物音一つしなかった。部屋のなかにいるのは桐子かもしれなかった。

女中はますます近く迫って来た。彼を追いつめるようにみえた。そしてこうくりかえした。

「もうおかえりになるんですか。それはいけません」


（「新潮」昭和29年7月）

解説　青春の空白について

梶尾　文武

三島由紀夫は昭和二十年八月を二十歳で迎えた。敗戦後、彼の二十代前半に訪れた混乱の時代はGHQの占領解除に前後して終息を迎え、二十代後半には相対的安定期と呼ばれる平穏な時代が到来した。昭和三十年代以降、日本社会は米国の庇護の下でいっそう安定化の傾向を強めてゆく。

敗戦後の三島は、同時代の日本をどのように見ていたのだろうか。当時の彼の時代認識は、軍国主義からの解放の時代が来たと見る進歩派とも、あるいは占領軍による抑圧の時代が訪れたと見る保守派とも異質である。一方には、この時代に到来した混乱を全身で受け止めようとする、青年らしい真率さがある。他方には、敗戦がもたらした価値転換を手放しでは受け入れまいとする、老成した狷介さがある。本書に収められた、三島が主に二十代の頃に著した評論は、一筋縄ではいかない当時の彼の時代認識をよく映し出している。

三島の世代的マニフェストとして知られるのが、「重症者の兇器」（昭23）である。かつて坂口安吾は「堕落論」において、敗戦まもなく闇屋となった特攻隊の勇士を肯定し、「人は正しく堕ちる道を堕ちきることが必要なのだ」と説いた。「私の同年代から強盗諸君の大多数が出ていることを私は誇りとする」という三島の言葉は、安吾のあの「生きよ堕ちよ」という呼びかけに対しての、堕ちた世代からの応答として読まれうるだろう。だが、三島は安吾のように堕落者がいかに愛すべき存在であるかについて語っているのではない。むしろ堕落を平然と生き抜く健康な「重症者」であること、三島はそれを世代的な使命として背負おうとした。

三島は書いている。強盗がピストルを軍隊からかっさらって来たように、彼らの世代は戦争時代からある「兇器」を作りだしてきた。「彼らが自分たちの生活をこの一挺のピストルに託しているように、私たちも亦、私たち自身の文学をこの不法の兇器に託する他はない」。このように述べる三島は、小説を書くという行為が、闇屋や強盗のふるまいに等しい秩序破壊的な行動であることを信じようとしていた。

敗戦当時に三十代を迎えていた戦後派作家の多くが、青春時代に左翼思想からの転向を経験したこと、その時代経験が彼らに強いた苦悩を創作上の主題としたことはよく知られている。しかし、三島のペンという「兇器」にかかれば、そのような実存的苦悩など無きものとなるだろう。実存主義を基調とした戦後文学のなかで、三島が特異な位置を占める所以である。人間を殺すものは何か。それは「苦悩」でも「思想的煩悶」でも「悲哀」でもなく、「古今東西唯一つ《死》があるだけである」と三島は記す。日常がつねに死と隣り合わせだった時代しか知らない世代にとって、死はいわば天がもたらす抗いがたい災いにすぎない。人間を殺すものは「死」だけであるという透徹した認識は、精神的・理念的な価値への疑いに発する。その価値破壊的な認識は、三島が敗戦後の混乱のなかで戦争時代から獲た一種の略奪物資であった。

二十代の三島は美の問題にもまして、敗戦後に崩壊した倫理あるいは道徳の問題を繰り返し評論の主題とした。三島は「秩序への、倫理への、平静への、盗人たけだけしい哀切な憧れ」（「重症者の兇器」）をアイロニカルに語ったが、それはむしろ「戦後の茫々たる無秩序は、我々の好悪・理論・道徳的信念のよく左右しうるところではない」（「招かれざる客」昭22）と認識していたからである。

初期代表作『仮面の告白』（昭24）の世界は、性的欲望と倫理意識との微妙な均衡の上に成り立っている。そこで告白されるのは、つねに男の隆々たる肉体に眼を奪われる「私」の、性規範から逸脱した欲望である。ところが作中、「私」の同性愛を禁止する道徳や秩序は、ほとんど存在しないに等しい。この意味で「私」の性的志向についての告白は、作品を取り巻く戦後社会の秩序崩壊と強く共振している。三島がこの作品で試みたのは、散文的な日常から逸脱した存在、つまりは「詩そのもの」として「私」を呈示することだった(「仮面の告白」ノート)。だが、戦後という時代こそがまさしく「詩そのもの」だったのである。

しかし、みずからの同性愛を受け入れることができない「私」には、性規範の破壊者であることをアイデンティティとする道は開かれていない。戦後、官庁に奉職した「私」は、すでに人妻となったかつての恋人を「正常」な愛という架空の空間に誘い込むものの、その関係もやがて破綻する。この作品は、肉体的な欲望と精神的な愛とに引き裂かれた「私」が、自己自身のアイデンティティの「不在」を目の当たりにするところで幕切れを迎える。

後の三島作品も、このような存在の非連続性の感覚、自己分裂の感覚を、時代と共振するかたちで繰り返し表出している。たとえば「鍵のかかる部屋」(昭29)。財務官僚である主人公児玉一雄は、混乱する世相に無関心を持しながら、内界に無秩序を育もうとしている。それを象徴する空間が、人妻の東畑桐子と「定例同衾」を重ねた鍵のかかる部屋である。

やがて桐子は死に、一雄は遺された九歳の娘房子の体を引き裂くという妄想に取り憑かれる。作品の舞台は昭和二十三年、「革命とインフレーションの破局」が現実のものとなりつつあった時代である。だが官僚たちは「その前にGHQが何とかするよ」と高を括り、一雄もまた「俺は今では無秩序なんか信じてやしない」と意識しはじめる。破局の時は回避され、鍵のかかる部屋に別れを告げた一雄が日常性へと回帰していくことが予感される。しかし、彼の内界の無秩序が癒されたわけではない。「ただ、世界は寸断されていた。それを縫い合わせようとする不気味な、科学的な冷静な手がどこかに見えた。彼はその手をおそれた」。外の社会では日常性が回復され、解体した秩序が再び弥縫されてゆくなかで、主人公には、戦後という時代が彼の世界を寸断したことの痛みだけが残されるのである。

この短篇の延長線上に創作された長篇『鏡子の家』（昭34）は、昭和二十九年から翌三十年にかけてという、すでに安定を迎えた時代を舞台とする。この作品が前景に押し出すのは、諸価値が崩壊した廃墟の時代への郷愁であり、見せかけの秩序に覆われた、欠伸の出るような退屈な時代への侮蔑であった。

昭和二十三年の三島は、「われわれの世代を「傷ついた世代」と呼ぶことは誤りである」と述べていた。なぜなら戦時に自己を形成した彼らは、戦後に至ってなお、傷口が精神の苦痛として疼きだすような「退屈な時代」の日常性を知らなかったからである（「重症者の兇器」）。だが実際には、敗戦とその後の価値転換によって最も深く傷ついたのは、ほかでもなく彼ら戦中派世代であった。社会が安定した日常性を回復したとき、あの「堕落」の時代に負った傷は耐えがたい苦痛として疼くだろう。

復興にともない社会が安定化してゆくなかで、三島の内面ではこの「傷」が次第に疼きはじめたようだ。かつて二十代の三島の作品群は、戦後という「悪時代」の自由を享受しながら、この時代が強いてくる自己分裂の感覚、「世界が寸断されていた」というニヒリズムに耐えようとする、主知主義的な平衡を保っていた。しかし「憂国」（昭36）や『美しい星』（昭37）をはじめとして、昭和三十年代後半以降の作品では、むしろ存在の連続性・全体性をいかに回復しうるかという主題がせり上がってくる。

青春の季節を終えた後、三十代以降の三島は、失われた統一への郷愁、すなわちエロティシズムを小説作品の内外で倦まず語った。戦後社会の見せかけの秩序は否定すべき対象として立ち現われ、「あとになって、ハタと気がついたのだが、戦争とはエロチックな時代であった」（「私の戦争と戦後体験」昭40・8）と三島は説く。生の連続性が断ち切られていることの痛みに気づいてしまった三島が探ったのは、それを回復すべく「戦争」の時代へと回帰する道だった。すなわち、彼自身が死に損なった十代＝昭和十年代への回帰である。昭和三十年代後半に差しかかったころから、三島は、かつて肯定していた戦後という秩序崩壊の時代を、日本の伝統ある歴史の連続性が損われた否定すべき断絶の時代として意味づけ直したのである。

断絶の日、すなわち八月十五日が来るたびに三島が著した折々の評論を辿ると、戦後という時代と彼自身との関係をめぐる意識がいかに変質したかが見えてくる。昭和二十五年には、「自殺や人殺し」が続々と現れる社会の混乱を肯定する言葉を記していたし（「天の接近」昭25・8）、昭和三十年には、すでに終りを迎えていた「兇暴きわまる抒情の一時期」を懐かしみながら、敗戦後の彼の生き方に「時代の影」がいかに色濃くさしていたかについて語っていた（「終末感からの出発」昭30・8）。ところが昭和四十五年、すでに右翼的行動者としての相貌を示していた三島は、「私の中の二十五年間を考えると、その空虚に今さらびっくりする。私はほとんど「生きた」とはいえない。鼻をつまみながら通りすぎたのだ」(「果たし得ていない約束」昭45・7)と書く。三島は死を前にして、八月十五日以後の時代と彼自身とがほとんど無関係であったと言い募り、この時代への訣別を告げた。

晩年の三島由紀夫のこうした言辞は、今日では戦後日本の欺瞞を嘆く保守派のイデオロギーにしばしば横領される。しかし、それを三島の唯一解的な結論と見るべきではない。また、こうした言辞の枠組をもって三島の戦後観の総体を捉えることはできない。戦後の二十五年間をひとからげに「空虚」と呼んだとき、昭和四十五年の三島は、かつてのざわめきに満ちた廃墟の時代、闇屋や強盗が大手を振るって街頭を闊歩した青春の一時期までをも空白化してしまった。しかし三島の青春は、決して空白などではない。二十代の三島があの輝かしい無秩序の時代に共振しつつ紡いだ言葉は、決して空虚などではない。本書に収められた、戦後という時代のただなかに若き三島が記した戦後日本論は、晩年の三島自身の戦後否定に抗う論理を私たちに指し示している。

(かじお　ふみたけ/国文学者)

三島由紀夫
1925年、東京生まれ。東京大学法学部卒業。在学中に『花ざかりの森』を刊行。47年大蔵省に入り翌年退官。49年刊行の『仮面の告白』で名声を確立。主な著書に『金閣寺』（読売文学賞）、『潮騒』（新潮社文学賞）、『サド侯爵夫人』（芸術祭賞）など。70年『豊饒の海』を脱稿後、自衛隊市ヶ谷駐屯地で自決。

戦後《せんご》とは何《なに》か

2025年1月10日　初版発行

著　者　三島由紀夫《みしまゆきお》
発行者　安部順一
発行所　中央公論新社
〒100-8152　東京都千代田区大手町1-7-1
電話　販売 03-5299-1730　編集 03-5299-1740
URL https://www.chuko.co.jp/

ＤＴＰ　嵐下英治
印　刷　ＴＯＰＰＡＮクロレ
製　本　大口製本印刷

Published by CHUOKORON-SHINSHA, INC.
Printed in Japan　ISBN978-4-12-005871-4 C0095

中央公論新社の本

文学者とは何か　安部公房　三島由紀夫　大江健三郎　単行本

彼女たちの三島由紀夫　中央公論新社編　単行本

太陽と鉄・私の遍歴時代　三島由紀夫　中公文庫

戦後日記　三島由紀夫　中公文庫

三島由紀夫　橋川文三　中公文庫